朧月書版

朧月書版

星座才不像戀愛那麼惱人！

Constellations aren't as annoying as falling in love!

✦ 作者 —— 燁　繪者 —— 偶仔GUU

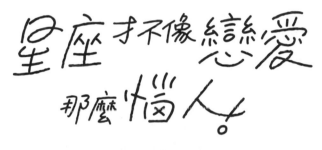

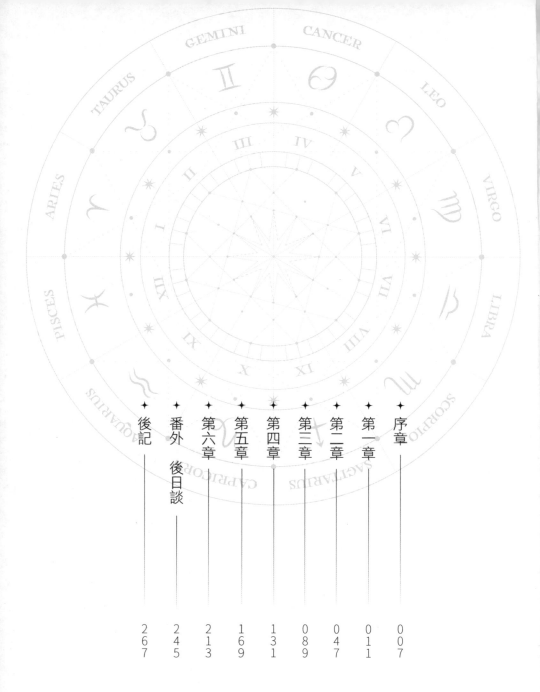

序章

Prologue

綠樹高中是一所升學高中，但再怎麼埋頭於教科書中，青春還是免不了戀愛這一頁。

畢業典禮結束後、大考之前，學生們紛紛將學校的東西帶回家，一個個大包小包，誰也沒心力多看誰一眼。

就在這麼忙碌的時刻，一個被綠樹圍繞的僻靜角落，一對男女面面相覷。

「對不起。我以為我們只是朋友。」

「？」啊？簡俊儀在心中發出超大的聲音，無聲的震撼全寫在臉上。

「而且我有點怕雙子男，太花心了。」

老子從來沒有交過女朋友，怎麼會?!簡俊儀手足無措，差點沒破音：「妳、妳怎麼會相信星座這種無稽之談？」

因太過震驚，他連說話都帶成語了。對方愣了一下，被他逗笑。她本來就是受人追求吹捧的正妹，笑起來更是清純可愛到讓人心臟發痛。

「也不是很相信啦，但的確還滿有道理的不是嗎？你就朋友很多啊，女朋友大概會被你丟在一邊吧。」

感覺還有救！簡俊儀腦袋一轉，脫口而出：「那就讓妳來破除這個謠言啊！」

話才剛說出口，氣氛丕變，連掉下的落葉都帶著肅殺之氣。

對方皺起眉頭，嘆了口氣：「我還是喜歡穩重一點的，抱歉啦。」

看著她瀟灑的背影，簡俊儀的大腦好像被劃分成不同區域，各自瘋狂運轉著。

我剛剛說的哪句話ＮＧ了？

她常常幫我占圖書館的位置，難道不是對我有意思嗎？

難道我看起來很花心？

雙子座真的很花心嗎？

星座難道不只是騙小女生的東西嗎？

不過最重要的果然還是——真的有人會相信星座，還用這個來拒絕人嗎？

「幹？三小？」

校園中的夏蟬就像約好了一般，同時發出巨大的蟲鳴，彷彿在為他伴奏。

第一章

Chapter. 1

兩年後。

下課鐘響，原本坐在教室後排偷偷傳紙條的同學屁股一坐，擠到簡俊儀身邊。

「怎麼可能！她都有回我訊息啊！」

簡俊儀將自己手上一疊的紙條和對方手上那疊交換——比較不熟的人一律用紙條溝通，不然通訊軟體加太多人，都不知道誰是誰了。

紙條上全都是些蠢問題，浪費自己時間寫這麼多廢話。簡俊儀表情誠懇，語氣卻充滿無奈：「那一看就是敷衍好嗎！動不動就去吃飯、去洗澡、去睡覺，你們根本沒聊什麼內容。」

「有內容啊！她說實習時間太早，她最近都很累，不過實習的小朋友很可愛。她還喜歡小孩哎，真的太優了。」

「……你是不是還怕她太累，載她去實習？」

「對啊，你怎麼知道？」

「沒用。下一位～」

聽他這麼說，同學急了，「可是——啊，對啦！她是處女座的！處女座是不是比較害羞？」

「處女座？處女座眼光超高的啦。」

突然有一道聲音穿插進來，彷彿荒漠甘泉般滋潤簡俊儀被追問到乾枯的心靈。

謝天謝地，下一位同學！幫我說出了我永遠不敢說的話！簡俊儀笑著抬頭，正想頒給來者一個鐵口直斷獎，沒想到一見到救星，就嚇得趕緊把抽屜裡的東西全掃進書包。

「簡俊儀——你跑什麼跑！」

李承慶看他甩上書包就走，直接堵在教室門口。

「我就說，我的機車真的有問題啦，缺車就叫我很爛哎。」

「你不是機車有問題，你就是機車。」李承慶伸手勾住他的脖子，小聲道：「設計系的學姐哎，每個都超正的！好不容易約到的！拜託啦，這次揪失敗就沒下次了。」

簡俊儀翻了個白眼，「設計系，還是學姐，是你能Hold的？人家都在酒精馬拉松、裸泳派對，你還在抽鑰匙？」

「什麼是酒精馬拉松？你怎麼知道？」光聽名字就很不妙，李承慶急了。

「你沒加人家小帳，怪誰？」

「那就一起來想厲害一點的活動嘛！衝象山看夜景？貓空喝茶？……不然……汽車旅館唱通宵？」

「我聽不出哪裡厲害。」簡俊儀微蹲，從他的臂彎中落跑。下一堂是通識課，不快點進教室就只剩前面的位子可以坐了。「而且我的機車最近真的怪怪的，要是死在路上，我可能要替人家送一個月的早餐當作賠償。」

李承慶追著他出教室，即使他下一堂是體育課，而體育館在反方向。

「不然去檢查一下你車哪裡怪啊！」

簡俊儀腳下不停，「我牽去看過了，老闆檢查不出來。」

「那我幫你借機車嘛！」

教學大樓近在眼前，雖然很佩服他如此鍥而不捨，簡俊儀還是不得不使出殺手鐧。「車不是問題，問題是我！」

「啊？」

此時，上課鐘響起，李承慶終於意識到自己體育課要遲到的事實。

「我是雙子座，現在水星停滯期就這樣了，水逆期間絕對騎一臺死一臺你信不信！」

李承慶拔腿狂奔，吼聲逐漸遠去，「鬼！才！信！不來就絕交！幹！」

簡俊儀臭著臉進教室。

本來想要在樓下買片烤土司，上課坐在最後面偷吃填肚子的，結果同樣一條路被人千阻萬攔，落到只能坐第一排。什麼叫水星停滯？這就是！

「蔡以坤。」

「有。」

還點名！

老師點完名，把點名簿一闔，準備開始上課，嚇得坐在講桌前的簡俊儀趕緊舉手，「老師老師！我剛剛去廁所！」

通識課世界史的老師一臉慈祥，說出來的話卻恰恰相反：「沒關係，這學期我們會點三次名，今天才第一次，只要後面兩次都準時到，考試都有過就可以了。」

幹！

簡俊儀還想說什麼，旁邊的男同學就對他使了個眼色。等老師低頭操控電腦時才低聲說：「下課再跟他說。」

「……謝囉。」

看他終於安靜，男同學打開寫得滿滿的筆記本，內容簡俊儀全都沒印象。

不過這也不奇怪，這位男同學叫做蔡以坤，是資管系的系草，成績還出名得好。可是他最有名的，還是他來無影去無蹤，沒有常跟誰混在一起，考前也不加入考古題群組，聽說也沒參加社團活動，神祕得很。

簡俊儀從來都以最後一排為志業，第一次坐在他旁邊，不由得打量了起來。鼻子挺，眉毛濃，五官深邃，臉上幾乎沒痘痘，大概就是粉刺需要調理一下，嘴唇有死皮扣分，眉毛沒有修掉雜毛也扣分……

蔡以坤突然轉頭，和簡俊儀近距離對上眼。

單眼皮竟然也滿好看的……該死的帥哥！

「什麼事？」

「啊？」

「你要跟我換位子？」

「沒沒沒！沒事沒事！」

對方露出疑惑的表情，轉頭繼續上課。

看來真的太過陷入自己的世界了。簡俊儀反省。他看向投影螢幕，上面的文字就跟蚯蚓一樣扭來扭去，配上老師節奏固定、毫無起伏的語調，他只覺得眼皮越來越重。

「現代所見愛琴海文明留下的遺跡大部分都是白色的，但它吸收了埃及文明多彩鮮豔的風格，其實全都是彩色的，只是在風化和人為破壞之下……」

咚！

教室裡突然陷入寂靜，簡俊儀抬起頭來，一臉羞愧，恨不得挖個地洞鑽進去。

「經過現代研究，重新將色彩用模擬的方式復原……」

講臺上，老師還是一臉慈祥，繼續講下去。只有坐在簡俊儀旁邊的蔡以坤知道，他下課後再怎麼哀求，老師也不會幫他補登記了……

下課後，老師果然殘忍地拒絕了他的要求，想到被記曠課卻還要再熬一堂課，簡俊儀心灰意冷地下樓買吐司。呲牙裂嘴地咬著吐司回教室，卻發現已經有人等在自己座位旁。

林依婷靠在長條桌的尾端，和她身邊的另一個女生說話，偶爾還會跟更旁邊的蔡以坤說兩句，讓簡俊儀非常驚奇。

發現他回來了，林依婷笑道：「簡俊儀你有這麼餓喔，下一堂就吃午餐了耶。」

「誤無誤嗯嗯嗯（肚子餓沒辦法）。」

嘴巴塞滿吐司，沒人聽得懂他在說什麼，好在礙事的上課鐘聲再度響起，林依婷和她朋友準備回座位，臨走前問：「午餐你要吃什麼？」

「……還沒想好。」終於把嘴裡的吐司吞下去了，簡俊儀這才注意到她身旁的女生有著一頭烏黑秀髮、氣質空靈，身材纖細勻稱，正是自己的菜！他趕緊開口問：「妳們想吃什麼？」

林依婷似乎有話想聊，很快就回道：「宿舍旁邊那間義大利麵店怎麼樣？」

「沒問題。我可以先去占位，總共幾個人？」

「就我們三個。」

聽到她旁邊的天菜竟然也要去，簡俊儀露出自認為最帥氣的笑容，胸有成竹地打包票：「沒問題，交給我。」

待大家都回到座位上，他心滿意足地轉過頭，卻發現蔡以坤正盯著自己看。

儘管不覺得自己長得醜，但他可不認為有帥到連帥哥都會著迷的地步。於是他歪頭問：「怎麼了？」

老師走進教室，蔡以坤看向前方，淡淡地說出讓他笑容瞬間消失的重磅級事實——

「你的嘴角有吐司屑。」

暫且不管困擾簡俊儀整節課的沮喪，午休鐘聲一響，他甩上書包就衝出教室，直奔義大利麵店。

午餐時間餐廳的人本來就多，那間義大利麵店平價又美味，加上食材用料實在，飲料和甜點都很精緻，簡直就是約會的最佳地點。為了挽回剛才的吐司屑形象，好的用餐地點是絕對必要的。

占到位在窗邊，不會直吹冷氣的四人位後，兩位美女如約而至。

林依婷是他在運動會時認識的法律系同學，剛開始不算熟，可是只要碰面都會打招呼，她交了男朋友之後曾經斷聯幾個月，但最近為了看星盤就比較常連絡了。

簡俊儀也問過她怕不怕男朋友多想，她的反應卻是一臉不可置信地說「怎麼可能」，讓他大受打擊……不過這種挫敗，他還能用對方是個心直口快的獅子座來開解自己，現在才能坐在一起吃飯。

「簡俊儀，今天我請吃飯，愛點什麼點什麼。」

九月底的天氣，林依婷脫下印滿繁花的防晒外套，露出底下的貼身背心，姣好的身材展露無遺。她一屁股坐到簡俊儀對面，點了點他手上拿的菜單。

「這麼好……該不會要我賣身吧。」

「哼。」沒有理會簡俊儀自以為的幽默，她又露出那個「怎麼可能」的笑。「不是說看相看風水都有什麼等價交換嗎，是要請你幫璿惠看星盤啦。」

看相……簡俊儀的確是為了把妹而特別去研究星座，不知為何卻被人認定是通靈人士——拜託，我超怕那種超自然現象的好嗎！

「我只是對星座有點興趣，沒有保證一定準的啦……」

「外面收費的也沒在保證這個。」

的確。簡俊儀不得不承認這的確很有道理，就沒聽說過有哪個星座老師被人客訴過。

「那好吧，既然不準也行的話。」

林依婷對旁邊的朋友說話時，口氣就溫柔多了，「瑢惠，把他的話當耳邊風就好，之前那個人出軌就是他說的，還是滿準的。」

「你們分啦？」簡俊儀還在狀況外。他只是在上次碰面時想到她男友是天秤座，最近太陽走到天秤的十二宮，祕密可能會被發現而已。

林依婷聳肩。

張瑢惠給簡俊儀一個禮貌性的微笑，招來服務生準備點餐，「等等人多出餐速度會變慢，我們先點餐吧。」

「喔、喔，好。」

簡俊儀還是第一次聽她開口。張瑢惠長相清秀耐看，穿著寬領米色上衣，露出纖細的鎖骨，給人乾淨又俐落的印象，加上話不多又切中要點，聲音不大不小又不尖銳，簡俊儀完全無法將目光從她身上移開。

林依婷在旁邊看得一清二楚。三人點完餐後，她咳了聲切入正題：「瑢惠對星座不熟，但是她最近有在意的人，所以才被我拉來的。」

簡俊儀一聽，整個人都醒了。張瑢惠這種女神型人物一看就很難追，現在她有了在意的人，那機率可就太低了。不過他還是藏好自己的情緒，假裝專業地問：「妳的出生年月日和時間來一下。」

可能事前有被提醒過，張瑢惠取出一張紙條遞給簡俊儀。簡俊儀拿出手機輸入資料，很快就看到一張由同心圓和黑點所構成的星盤。

看他盯著手機上有些複雜的圖片，張璿惠遲疑地問：「星座不就是……星座嗎？」

「是啊，這就是。」簡俊儀認真看著上面的點和線，隨口回了一句。

「星座不就是什麼獅子座、處女座、分成十二種人之類的東西嗎？」

要不是覺得自己還有機會，簡俊儀大概就要大笑三聲說她無知了！要知道，很多人對星座嗤之以鼻，就是因為這種標籤式的地圖砲！不過作為曾經的「花心雙子男」苦主，他選擇正面應戰、借力使力——俗話說，打不過就加入嘛！不但能多一個聊天話題，還可以讓女生主動連繫，簡直是新時代的把妹利器！

面對天菜，他還是收斂一下態度，「妳說的那個是太陽星座，我現在看的是妳出生時所有行星各在哪裡。」

「知道那個幹嘛？」

林依婷發現她的緊張，安撫道：「妳不用擔心，這傢伙不會把這些資料亂給人的。」

張璿惠本身不太相信這個，自然也不覺得真的能從裡面看出朵花來。原本以為只是會和平常一樣聊聊「××座就是怎麼樣怎麼樣」，或是「千萬不要得罪××座」之類的話題，誰知道簡俊儀會這麼認真地盯著畫面上複雜的線條研究起來，感覺就像是一腳踏入了一個未知的世界。

「番茄海鮮麵哪位的？」

不安的氣氛被服務生送餐打斷了，簡俊儀一無所知地放下手機，準備大快朵頤。明明才剛吃過點心卻還那麼有胃口，真是賺到了！

「怎麼，看出什麼來了？」林依婷故作輕鬆地問。

「嗯……妳標準很高嗎？」

「這當然。」她還沒說話，林依婷就先回答，「總不可能阿貓阿狗都可以吧。」

「也沒說得那麼極端啦。」簡俊儀邊吸麵邊說。通常他是不會這樣邊吃邊講話的，但反正看來要從朋友做起嘛，有點缺點比較好，比較沒有距離感。「通常摩羯座都嚴以律己，自然也不喜歡太不要求自己的人。」

「摩羯座？」

林依婷總覺得哪裡怪怪的，張璿惠卻按住她說：「先聽人家說完。」

「還有妳上升在巨蟹，會細心觀察周圍的變化，也常常關心周遭的人。」

這次林依婷給予肯定：「我就說！妳那麼體貼！原來是上升巨蟹！」

張璿惠露出有些不好意思的笑，吸著熱紅茶。

看她們兩個對彼此的友情方面還滿感興趣的，簡俊儀挑著兩人比較有關連的地方說，「月亮在獅子，然後林依婷的太陽在獅子座，難怪會變成好朋友。」

聽到不懂的名詞，張璿惠發問：「上升和月亮是什麼？」

「上升星座是妳出生時在地平線上的星座，代表妳會逐漸往那邊去，月亮星座就是出生時月亮的位置。通常看星盤會先看這幾個地方。如果不想深入了解的話，看太陽、月亮、上升這三巨頭就夠了。」

「該不會九大行星各有一個星座吧……」張瑋惠有點不敢置信地猜測。

「就是這樣。也可能都集中在某個星座，就像妳都集中在摩羯還有水瓶。」

「我一直以為摩羯很冷酷、無聊，沒認識幾個摩羯朋友，沒想到瑋惠妳竟然摩羯那麼強啊，看來上升影響真的很大呢。」

「呃……」

張瑋惠還來不及反應，簡俊儀就說：「妳說的都是偏見啦。摩羯和巨蟹是對宮，巨蟹真的硬起來就跟摩羯一樣硬，但摩羯軟下來就跟巨蟹一樣軟，還黏得要死。」

發現又出現了沒聽過的詞彙，張瑋惠一臉疑惑，可要是問了，就會弄得自己好像很感興趣似的，就忍住沒說出口。

她沒開口，吃到一半的簡俊儀突然抬起頭，舉起手找來服務生問：「我們還有兩份義大利麵沒來。」

「不好意思，我去廚房催一下。」服務生忙得腳不點地，對他們報以歉意的眼神。

「簡俊儀，你還不錯嘛。」服務生走後，林依婷揶揄。

簡俊儀哼了聲，「想太多，還不是妳們不吃飯狂問問題，害我消化不良。」

林依婷順著他的臺階往下走，「你以為來吃免費的啊！不問白不問！」

張瑋惠原本對這個輕浮的男生沒什麼好感，聽他這麼說，突然覺得他還滿可愛的。

其實簡俊儀的長相不好不壞，體格身高也在標準以上，只是一雙眼睛太過靈動，給人一種鬼點子很多的感覺。衣著看得出平常有在打理，服裝是T恤外搭襯衫、配卡其褲，相較於只穿吊嘎短褲夾腳拖的男生，已經贏在起跑點。

談吐方面雖然油了點，但能夠和女生這樣一來一往地正常交談，已經比很多大學男生強了。

「那妳在意對象的出生年月日跟時間呢？」簡俊儀突然想到似的問。

「什麼？」張璿惠向來都是優等生，很少這麼密集地碰到自己常識以外的事，難得顯露出一臉天真的呆樣。

「不是要看合盤嗎？」簡俊儀看起來比她還要疑惑，看她沒反應，就看向林依婷。

「什麼叫合盤？」

「就是把兩個人的星盤放在一起看。」

在簡俊儀的概念裡，光是剛才那些資訊根本只是閒聊的程度，不值得請午餐這麼鄭重，原本直挺挺的身子瞬間放鬆，苦笑道：「喂，哪有這樣的，害我亂緊張一把。」

林依婷看他一臉如釋重負，就想為難他一下，誰叫他總是一臉意氣風發。「璿惠，妳有對方的出生年月日跟時間嗎？」

「沒有……妳要是沒要我先查，我自己的出生時間都不知道，怎麼可能直接問人家。」

簡俊儀重新低頭吃麵，「不看也好啦，那個太難，我也不太熟。」

「只有出生日期不能看嗎？」林依婷還不死心。

「可以是可以，但不太準喔。」

「沒、沒關係啦，今天已經太麻煩你了……」

簡俊儀原本樂得輕鬆，但聽她這麼禮貌退縮，反而起了好奇心。「沒關係，那給我年月日就好。」

張璿惠沒辦法，從包包裡面拿出紙筆，寫完之後，撕下來對折交給他。

「那麼神祕啊……連我都不說嗎？」林依婷表情複雜。

「你會保密的吧？」張璿惠遞過紙條，卻沒有馬上鬆手，直勾勾地看著簡俊儀，專注澄澈的眼神，讓他的心跳漏跳了一拍。

「當、當然！那我們加個好友之後，把結果──」

還不等簡俊儀說完，服務生又來了，只是這次她帶來的不只是義大利麵，還有一個大活人。

「不好意思，請問可以併桌嗎？」

簡俊儀正在要人家的連繫方式，轉頭一臉不爽地看向服務生──沒看到老子正在把妹啊！併桌破壞氣氛算誰的？

「喔，好啊。」原本以為林依婷會第一個反對，誰知她一臉理所當然地指向簡俊儀旁邊的空位。

而簡俊儀看到來人也呆了，只是不是好的那種意思。

「蔡以坤？」

突然加入午餐行列的蔡以坤和簡俊儀解釋了兩句：「店長要拿東西給我，但現在太忙沒有空，要我等一下。」

林依婷已經沒救了，看到帥哥就不走路，簡俊儀只能看向張璿惠。誰知道張璿惠竟然一臉羞澀地低下頭，似乎和蔡以坤是認識的。

靠……不會吧……

簡俊儀眼睛一轉，馬上低頭兩三口把盤子裡的義大利麵掃光，再拿起桌邊的菜單飛快翻閱。

把妹不成，再不吃回本就虧了！趁著服務生過來幫蔡以坤點餐，他先發制人：「我還要一個橙香奶酪，還有一個烤布蕾！」

這次午餐最後結束在林依婷的抱怨中，但簡俊儀哪管啊，反正飯吃飽了，星盤有了，連絡方式也要到了，還有愛面子的獅子座負責買單，沒有比這更爽的了！他如此告訴自己！

✧

位於學區旁的老社區到了晚餐時刻，家家戶戶都傳來飯菜香。淡淡的油煙味和巷弄間孩童的嬉鬧，形成了令人安心的日常風景。

夕陽西下，沒有開燈的室內也逐漸陰暗了起來。超商買的微波食品被扔在飯桌上逐漸冷卻，購買者卻還窩在電腦前敲敲打打。

『上次去的那間店聽說後來……』

『她好像有男朋友了……』

『機車還是不要用租的吧……』

『小安，請問妳後天下午有空嗎，我想預約……』

『這個真的先不要……』

無數的視窗像是水中的氣泡，浮起又消散，消散又浮起。簡俊儀就像在打電動一樣，眼睛眨也不眨飛快地回訊息，在心裡默默挑戰回完、關閉的速度能有多快。

他知道自己只是沒事找事做，因為上百則訊息裡他唯一期待的那個人，從加完好友、互傳貼圖後，就再也沒有動靜。

他想了一百個開場，又否決了那一百個開場。無論哪個都太平凡、太司空見慣，換作是自己，能夠想出一千種冷處理的方式，以致於拖拖拉拉到現在都沒膽密她。

不過這點也不難想像。

她看起來對星座半點都不感興趣，要不是林依婷雞婆拉她來，她大概永遠不會和自己講話——大概連小組作業都會選擇和總是坐在最前排的優等生一起組隊吧。

就算拿到星盤又如何？從星盤來看，群星聚集在魔羯，光冷下臉就能把自己凍死，只要讓她有所防備，就會變成一顆又冷又硬的石頭，砸到腳上要截肢的那種。

想到這裡，簡俊儀突然覺得好像有哪裡不太對勁，腦中浮現那天午餐她聽到不懂的名詞時，她眼中的好奇——

從書包角落摸出那張她後來遮遮掩掩寫給自己的紙條，簡俊儀即使只看日期，也能看出對方就是個處女座。

土象對土象，兩顆臭石頭。嘖！就來比誰先憋死吧！最好無疾而終啦，找人看什麼星盤！

發現自己開始亂遷怒，簡俊儀嘆了口氣。

好煩。

他重新將注意力放回那無限增生的對話視窗，面無表情地回覆。

『哈哈好啊，下次一起去～』

『好啦，陪你去買衣服……』

『設計師已經約好了。』

回著回著，突然發現自己盯了快兩個禮拜的頭貼亮起了點點！

救命！真假！她的星盤在哪裡在哪裡在哪裡?!

懷著不成功便成仁的心情，他手拿打開星盤的手機，屏息點開視窗。

『你好，我是之前一起吃午餐的瑢惠。』

『妳好～』簡俊儀發現自己的腦袋竟然有點轉不動了，內心暗自慌張。『就是看星盤的那個女生嘛。』

他其實還沒想到要在對方面前展現怎樣的一面，只能猜測她應該會比較欣賞擁有奇怪知識的人，於是就從這點切入。

『那天人多，我也不好意思問你問題，不知道你現在有沒有空呢？』

妳其實對星座有興趣？藏太深了吧小姐！

簡俊儀點頭如搗蒜，好像對方正在自己面前，『有啊，妳想問什麼？』

對面停頓了一下，彷彿經過修修改改才送出訊息，『其實是我後來給你的那個生日……如果有出生時間的話，可以知道更多詳細資訊嗎？』

「幹？」簡俊儀大腦一片空白，接連罵了好幾聲髒話。敢情您密我是為了讓我幫您的暗戀的對象看星盤？我是工具人的表率嗎？

深吸一口氣，簡俊儀閉上眼讓自己冷靜一下。

兩個土象，只要沒人踏出那一步，無疾而終也是有可能的，自己千萬不要自亂陣腳，壞了形象！

不過當務之急，還是要搞清楚她出生時間哪來的，『妳問到他的出生時間了？』

『嗯。』

看著那串時間及日期，簡俊儀暗道不妙。現代不比古代，正常人尤其是男生，很少會知道自己的生辰八字，更別說是告訴別人了。可對方只輕巧地回了聲「嗯」，該怎麼問呢？

『妳是問本人的嗎？如果錯了就不準囉。』

對面又寫寫改改了一陣，最後才回：『我們的媽媽認識，這是他媽媽說的。』

簡俊儀大嘆一口氣，仰天長嘯——

「叫什麼？為什麼不開燈？」頭頂被拍了一巴掌，簡俊儀嚇了一大跳！

「妳回來啦？」

簡媽媽aka賴女士「啪」地打開燈，亮得他瞇起眼來。「等等還要加班聚餐。你連晚餐都還沒吃，在摸什麼摸？」

簡俊儀這才發現天已全黑，自家媽媽一開門就看到如同電影經典駭客背光身影，該有多驚悚。「喔，就跟同學聊天……」

賴女士其實也不是真的想管他在幹嘛，只是對他不開燈又不吃晚餐的行為很感冒。「快去把飯吃了，幾歲了吃飯還要人盯？」

他看看視窗，又看看母親回房翻找東西的背影，權衡了一下利弊得失。

一個是和暗戀對象家人相熟的天菜，一個是還要回去加班，卻看到兒子長這麼大還不乖乖吃飯的老媽，最後還是打了一串「等我一下喔，我看一下再回妳」，就去重新加熱晚餐。

微波爐運轉的同時，他靠在門邊問：「你們今晚幾點回來？」

賴女士剛換好衣服，對著鏡子換上合適的耳環，看都沒看兒子一眼。「聚餐會喝酒，如果太累就直接住樓上的飯店。」

「爸就不要喝了吧……」

賴女士瞥了他一眼，「你以為我去幹嘛？幫他擋酒的啊。」

「喔……妳也別喝太多啊。吃過了嗎？」

「剛吃過大碗滷肉飯才回來的，等等路上再吃點微波小香腸吧。」

聽到連千杯不醉的老媽都要吃兩波護胃，簡俊儀難以想像那到底是多麼可怕的聚餐。

沒發現兒子複雜的表情，賴女士拿刷子掃開遮瑕膏後，拎起包包準備出門。明明口中還念著代辦事項，沒想到關上門前的最後一句卻是跟簡俊儀說：「你的晚餐好了，快去吃！」

拖著腳步走回電腦前，捧著熱騰騰的咖哩飯，簡俊儀邊吃邊輸入剛拿到的資料。處女座，上升牡羊，月亮天蠍，感覺就很難搞！簡俊儀一邊在心中碎碎念，一邊想著該怎麼回。

他開始研究星座的動機雖然不純，不過接觸之後發現星座其實還滿有趣的。在他看來，一個人星盤如同一張空白的地圖，上面的行星標示著每個人不同面向的特色與風格，而這些特色與風格能成為優點，也能變成缺點，最後會走向光譜的哪個極端，甚至停在某個平衡點，還是要看個人的選擇，並不是武斷地在一開始就決定一個人的命運。

一般人聽星座分析大多只想聽好話，就算只是解析人格特質，也不願意聽到太過明顯的缺點，尤其是處女座、天蠍座這種被黑得徹底的星座，跟人家說「你的人生目標就是為了把這個一團亂的世界變得井然有序，而擔任資源回收分類人員」，或是「你活在自以為看得太清楚，所以會把事情解釋得很極端的小圈圈裡」，這不是在討罵嗎？

不過若是自己的情敵呢？

雖然說不認識的人壞話有點讓他良心不安，但如果——一幅畫面突然在他的腦海閃過，是那次午餐突然出現的蔡以坤，以及張璿惠害羞的反應！

『妳和蔡以坤？』

對方可能也沒想到看個星盤就會被問名字，打打停停、刪刪改改，最後只回了一個「嗯」。

賓果——但簡俊儀沒有太多猜到答案的喜悅。

簡俊儀知道自己長得不差，平常也很注重打扮，和女生交際也很體貼，雖然常常因為嘴賤被黑，但總體來說評分還是很高的。

但這些靠外在堆砌的東西，和人家天生就有的條件一比，就沒有可比性了。

就算是男生，他也得承認蔡以坤長得超帥，雕像般的五官加上一八幾的身高，身材看起來就有在做運動，更別說課業成績還有認真的態度了，屬於絕對不想把自己放在旁邊比較的類型。

對帥哥的嫉妒與羨慕，讓他直白地打出所有想得到的，對這張星盤最負面的解釋！

『他的人生目標就是為了把這個一團亂的世界變得井然有序，而擔任令人討厭的資源回收分類人員。』

『生活在自以為看得太清楚，所以會把事情解釋得很極端的小圈圈裡，甚至會因此捲入情殺或仇殺。』

最後甚至連「金星獅子就是喜歡魅力四射又有領袖氣質的人，妳應該不是對方的菜」這種話都打出來了。

全部送出後，簡俊儀賭氣不看螢幕，大口吃咖哩直到盒底朝天。

其實自己根本沒義務幫陌生人看星盤，要怪就怪張璿惠，問了我不就一定要回嗎！不然不就顯得自己不懂裝懂！

盯著蒼白的塑膠盒，他知道自己應該沒機會了。

認識這麼多男男女女，他當然也知道自己大概喜歡哪一型。氣質乾淨又清秀，身材纖細修長，頭腦聰明兼具條理分明，看似循規蹈矩、但對自己的價值觀很堅持，絕不妥協。

可惜都在聊廢話的交友圈內很少有這種類型，不然自己也不會得失心這麼重了。

「唉……」

放下自欺欺人的塑膠盒，他快速瞥了眼螢幕，心想要是內容太過傷害心靈，就快速關掉視窗——

『沒想到星座這麼準，謝謝你。

『下次再請你喝飲料，你想喝什麼？』

——啊？

✧

期中考前夕，簡俊儀整天都泡在圖書館裡。也不是因為多認真讀書，而是因為看其他人讀書，感覺自己好像也讀了不少書似的，更何況家裡沒人，一個人開冷氣太浪費了，不如來行使交了學費的正當權利。

李承慶趴在桌上，心不甘情不願地寫報告。六百字稿紙上，字跡如同鬼畫符，簡俊儀懷疑老師收到之後會不會馬上退件。

「為什麼……」

簡俊儀接下去：「為什麼你字這麼醜？」

李承慶瞥了他一眼，要死不活地說：「為什麼上大學之後還要用手寫……」

「不就是為了你這種人嗎？出社會之後，連寫電話人家都看不懂。」

「你講話真的很缺德，沒看到我這麼痛苦嗎？」

「那我來說個讓你更痛苦的事——」看他露出詭異的微笑，李承慶已經不想知道了，但還來不及阻止，簡俊儀就說：「我已經交了。」

「幹！」

他這聲「幹」可說是驚天動地，即使坐在角落，還是有人透過層層書牆往他們這裡看。

「媽的，你竟然背叛我！」這次他壓低音量，惡狠狠地說。

簡俊儀高高仰起的頭就像動畫裡的反派，「因——為——我升上大二以來沒有泡到任何馬子，也沒有打工，閒到只能寫作業！」

「我也沒泡到啊。」

「你有打工，還跟正妹一起打工！」簡俊儀對正妹可說是過目不忘，這話說得幾乎是咬牙切齒。

「可是我還是沒泡到啊……」

「那又不是我的問題。」

說到這裡，李承慶完全沒了寫作業的心情，伸手就想拿手機，卻被簡俊儀伸手攔下。

「看一次手機五十元。」

這個規矩還是李承慶自己訂的，為的是順利寫完期中作業。他嘆了口氣，百般聊賴地趴回桌上，「唉，現在唯一的慰藉就是設計系的期中比我們更忙，夜衝延期了。對了，你那個水逆要結束了沒？每次都弄得跟月經來一樣。不就是載妹嗎？規矩那麼多。」

「大概再一個禮拜吧，我最近沒心情看。」

「太好了，下週你要是不來，我就宰了你。」

「好啦，有誰會去？」

李承慶還在那邊一個一個數，簡俊儀卻看到張璿惠朝自己走來，趕緊用力打他，要他坐好。

李承慶覺得簡俊儀基本上還算是好人，但就是那個在女生面前裝的樣子，實在是太讓人看不過去了。要不是從大一就跟他莫名其妙變成朋友，現在就想加入要打他的那群人。

「簡俊儀，我上次說要請你喝飲料是真的，幹嘛不回我？」張璿惠笑得客氣，話卻說得單刀直入，而一旁李承慶的眼神也跟刀一樣，恨不得把簡俊儀剮了！

「啊，我都忘記了。幹嘛那麼客氣？」別說跟她點飲料，簡俊儀連上課都躲著她。他脆弱的心臟可受不了被發好人卡的打擊，為了不讓自己「再起不能」到連聯誼都不想去，可是非常努力的！

張璿惠看他那副鳥樣，敏銳地察覺到他的玻璃心，快刀斬亂麻，「那我隨便買囉，之後有問題再問你。」

「哎——」

看著她邁出修長美腿往外走，簡俊儀伸出的手還停在半空中，就被李承慶打回桌子上。

「幹！你這叛徒！」

「叛三小啦，她要我幫她看喜歡的人的星盤好嗎！」

看他的表情實在不像是在說謊，李承慶的表情從懷疑轉為同情，默默撫平稿紙，繼續寫作業。「……節哀。」

他終於認命寫作業了，卻換簡俊儀在那邊要死要活，「哎，幹嘛不理人？我這麼可憐哎！」

知道一旦回嘴就要聽他抱怨，李承慶目不轉睛，下筆如神。

看他真的不理自己，簡俊儀趴倒在桌上，瞪著眼前的課本，「媽的，等一下如果飲料不好喝就給你喝！」

李承慶笑了，「這倒沒問題。」

✧

罕見的，上課鐘響前，學生們就已經在走廊上等待了。並非是大家突然變得上進好學，而是因為今天是期中考。

簡俊儀拿著學姐借給自己的考古題翻來翻去，老實說跟老師上課的講義看起來沒太大的差異，只要把選項背熟就可以了。

「啊，不好意思。」

旁邊其他班級的學生擦肩而過，他隨便點點頭，卻和不遠處的蔡以坤對上眼。

再怎麼遷怒於人，簡俊儀也算是個廣義上的顏控，正對上他那張端正的臉，還是生不了氣。仔細一看，他的睫毛還很長，讓他帶著淡淡憂鬱的眉眼多了分夢幻。

只可惜夢幻帥哥沒有 Get 到他複雜的情緒，指著自己的臉問：「我臉上有東西？」

「……沒。」簡俊儀不怕跟陌生人聊天，更何況自己已經暗中掌握了他的星盤，算是掌握了半個人！他想了想，反正要研究，不如來搭個話，「你都讀完了？」

「嗯。」發現自己的回答太過簡短，似乎不太禮貌，蔡以坤想了想，又補充一句：「老師說只要照他上課說的寫就可以了。」

「寫什麼？畫卡就好了吧。」揮了揮手中的考古題，簡俊儀笑道。

「這次是簡答題。」

「啊？」

蔡以坤一臉認真，不像在說謊，可簡俊儀寧願他在說謊。「老師把要考的題目都先說了，三十題抽十題。」

「三十題……」

看他一臉慌亂，蔡以坤拿出包包裡的筆記本。簡俊儀沒想到考前還有這麼溫柔的同學，趕緊接過，一目十行地看——

「……答案呢？」

「就上課說的啊。」

知道題目有屁用！再過一分鐘自己還能知道抽出的十題是哪十題呢！

還來不及問他答案，上課鐘就響了。簡俊儀遞還筆記，嘆了口氣，把考古題塞進書包。好在之前至少看過考古題，答案就從選擇題的問題裡面反向歸納吧。

蔡以坤注意到他的臉色不太好，低聲問：「你沒讀書？」

「有讀啊。」只有考古題而已。

「那就沒問題了。」

哪裡沒問題！

看他從容不迫地走進布置好的考場，簡俊儀心裡有氣。不過事到如今也只能強打精神，用自己的亂掰功力努力求生了。

✧

段考週結束的星期五，一群年輕人聚在機車停車場旁聊天。不管趕作業拚作品、熬了多少夜，享受青春才是不能不做的正事。

簡俊儀騎著表哥賣給自己的二手機車前來，看到人就發出慘叫。

「學姐！妳借我的考古題差點沒把我害慘！」

「借你你還嫌？」學姐眉毛一挑，嗤笑一聲。

簡俊儀委屈巴巴地熄火停車，把自己的狗頭靠過去討摸，「改成考簡答題了。」

大家先是一愣，而後大笑。

「靠，你也太衰了吧！」

「那個老師從來沒改過考題哎！」

學姐也笑到抖肩——可能是因為熬夜熬過頭了，笑點特別低。「那你要重修嗎？」

簡俊儀冷笑，「怎麼可能。七十九分。」

「怎麼就沒能把你順利當掉呢？要是留級的話，就能幫大家約再下一屆的學妹了。」一位學長非常沒良心地揉了揉他出門前才做好造型的頭髮，倏然湊近的菸頭火光靠得太近，讓簡俊儀緊張地狂眨眼。

「你這小子太好用了，別那麼快畢業啊。」另一個學長大力拍了他的屁股一下，痛得他差點沒跳起來。

簡俊儀頭髮亂了，還被人打了屁股痛個半死，話沒過腦子，該噴就噴：「哪裡能跟學長比啊，家裡有錢，愛讀幾年就讀幾年。」

話一出口他就後悔了。少數幾個女生都在偷笑，男生臉都僵了。還有女生在場，對方眼角抽了抽沒發作，掏了鑰匙出來去牽車。沒過幾秒，李承慶後座載著女生姍姍來遲。

「都這麼早到啊？」他的大嗓門吸引了所有人的注意。看到簡俊儀也到了，他問：「女生到底好了沒？」

學姐朝他吐了一口二手菸，「好了啊。」

「學姐！」李承慶有著濃眉大眼，偏偏總讓人聯想到過於大隻的泰迪熊，圓滾滾的眼睛一瞪，學姐就舉雙手投降。

簡俊儀慢吞吞地滑著手機，查看訊息。這次是李承慶約的，但有幾個人實在跟自己八字不合，當初應該確認清楚的。

「有五個人快好了，可以去女宿底下等，還有一個……」他皺起眉頭看了一陣子，才回報道：「還在染頭髮。」

牽了機車過來的學長聽了十分無語，「那另外兩個呢？」

學姐放下手機，表情凝重，「我直屬學妹睡死了，我室友去敲門都敲不醒。」

設計系的課業繁重，確實非同小可，不如說這位女中豪傑能夠和大家一起站在這裡，就算了不起了。

「還有一個呢？」

李承慶也在確認，放下手機後長嘆一口氣：「她男友不准她來。」

「幹？有男朋友了？」

「叫她男友來啊！不是說缺機車嗎？」

男生女生的反應完全不同，現場鬧哄哄的。

「那只能派人去接還在染頭髮的了。」女生在髮廊一待就是一天，實在不是男生可以理解的，偏偏還不確定要等多久，讓人分外無力。

「誰去？」

現場四位學長、兩位學姐，其他男生都同學年，叫誰跑腿都不對。雖然現在確定女生少一個，可是輪著載總會載到妹，被派去髮廊等人不知道要等多久，最後人家如果說太晚了、想休息，還只能當駝獸乖乖送人回去。

沒人想攤這個屎缺，男生們面面相覷。

「她那個髮廊在哪裡啊？」學長問。

簡俊儀心不在焉地邊滑手機邊回：「在市區百貨公司後面那區，旁邊是披薩店，對面是涮涮鍋。」

「嗯……在哪裡啊？輝啊你知道嗎？」

「不知道哎。」

在場只有簡俊儀一個算是當地人，他抬起頭來，發現所有人都看著自己。

資訊時代，網路發達，你們這些只想把妹的類人猿，智商想只用在載妹去陌生的地方飆車嗎？

簡俊儀試圖笑著推託，「要不然猜拳吧。」

「嗯，要是用導航還迷路不是很丟臉嗎？」

你也知道？那就不要迷路啊！

「對啊，還是知道路的去比較好。」

對啊，你還會呼吸呢，考試的時候也只要呼吸就能留級。

學長們一搭一唱，簡俊儀腦內的吐槽已經突破天際，可這次他不敢再開口。氣氛那麼僵，五個女生搞不好都已經下樓等了，他煩到想給他們一人一拳，叫他們滾去載人。

李承慶來得晚，不知道他怎麼惹得學長這麼針對他，其他同學怕惹禍上身，也都不敢講話，只能偷偷看向他。

犧牲他一個，其他人就能出發。死道友，不死貧道。

簡俊儀看他們這副鳥樣，更不耐煩了，戴上安全帽直接發動機車，問：「集合地點在哪？」

看他願意去接人，其他人趕緊掏出手機，在群組裡上傳定位，甚至有人分享位置。「要是中間加入那就更好了。」

「好。」簡俊儀勉強回了個笑臉，一催油門就走。

把屎缺塞給討人厭的滑頭學弟，學長們心情很好，問李承慶：「去N女宿？」

「不是L女宿？」李承慶向來只揪團，細節從沒管過，這才想到簡俊儀沒說是哪間女生宿舍。

「設計學院的應該都住設計的宿舍吧？」學姐問。

「喔，對哎。去設計宿舍吧。」女生這麼說應該不會錯。學長開心地發動機車，一行人浩浩蕩蕩地往設計學院的宿舍去了。

坐在美髮沙龍的沙發上，簡俊儀喝著店家送來的紅茶，翻看雜誌，好不愜意。手機被他丟得遠遠的，後來嫌提示音煩人，直接把手機轉成靜音。

「不用回嗎？」女孩坐在椅子上，有些不安地問。

「那是群組聊天啦，不用管它。」簡俊儀笑得親切，腦袋裡卻是大聲叫好。沒有老子，你們哪來的妹？找死你們！

設計師和助理專心趕工，有些抱歉地說：「不好意思，今天讓妳等這麼久，再沖一次水就好了。」

「沒關係啦，好看最重要。」

女孩回了個尷尬的笑，將視線重新放回鏡中。

她原本就沒有特別想在考後夜衝，因此設計師延誤時間也沒催促，本想就這麼順其自然地小事化無，誰知道反而讓人來現場等。

簡俊儀是她朋友的朋友，印象中和誰都處得來，可自己有點怕這種社交達人，不知道哪句話是真的，哪句又是假的。

好不容易吹剪完成，已經快晚上十點了。走出店外，簡俊儀才拿起手機看他們在哪裡。果然才剛到。

這整件事情最讓他滿意的，是李承慶從頭到尾只打了一通電話給自己，這個朋友真的很可以。

女孩認命地戴上安全帽，坐上機車後座才發現簡俊儀身上香香的。

「你有噴香水嗎？」

「應該是柔軟精的味道吧。」

「你住家裡喔？」

「嗯。妳覺得聞起來是什麼味道？」簡俊儀發動不太聽話的引擎，習慣性回話。

女孩有些不好意思地將鼻子湊近他的衣領嗅了嗅，正好機車加速，讓她整個人貼到他背上。意料之外的親密接觸讓她有些緊張，反握住後扶手的手有些冒汗。

「╳寶貝藍色的那瓶？」

她真的答出來，簡俊儀反而有些驚訝。女生的嗅覺真不是蓋的，看來自己的努力方向是對的，不枉自己承攬洗衣服這個活兒。「妳也太厲害。」

過了幾個紅綠燈，眼看就要離開市區的範圍，他突然問：「妳要不要買點消夜？」

晚餐只吃了超商飯糰組合，女孩自己都忘了餓，聽他這麼說眼睛都亮了。「有什麼？」

「旁邊有一間鹽酥雞還不錯。」

「好啊！」

才剛熄火，女孩就跳下車搶先點餐付錢。「我想多買幾份給淑妮她們。」

賺到意外消夜的簡俊儀也很開心，點點頭就去看自己那輛不爭氣的機車。上下左右看一遍，剛做過檢修的機車甚至比表哥剛賣自己時的狀態還好，可是回想剛才發動時的感覺，就是讓人心裡不踏實。

看了看手機，今天是水逆的最後一天，該不會真要在最後一刻出事吧？這也不能怪他迷信，畢竟機車就真的怪怪的。

「走吧。」

吃了點東西，女孩的情緒明顯比剛見到自己時好上不少。簡俊儀載著人，停等紅燈還能吃上一塊從旁遞來的鹽酥雞，更是爽到不行。

騎著騎著，周圍的店家逐漸變少，再過一陣子，連旁邊的透天厝燈光都沒有了。

「幫我拿一下。」簡俊儀遞過手機，讓女孩的手充當手機支架。發現李承慶他們還在原地，只要走捷徑，大概半小時內就能會合。

只要穿過這片黑漆漆的田。

「真的是走這條路嗎？」

「嗯，一下就到。」

女孩的手已經從後扶手移到他腰上，抓著衣服，簡俊儀實在很想叫她要抱就抱，不要扯壞了自己的衣服。

大概騎了五分鐘，簡俊儀很明顯感覺到車速變慢了，可四周一片黑暗，只有一些觀光農場和景觀餐廳，找不到人來幫忙。放慢的車速引來了看門狗的注意，此起彼落的叫聲讓人心裡發毛。

隨著機車的震動越來越明顯，女孩也越來越坐立難安。她不斷四處張望，周圍不是農田就是農舍，連關了門的景觀餐廳數量都越來越少。

簡俊儀臭著臉不說話，在心裡把李承慶罵了千萬遍！

終於，在他罵到第三輪的時候，機車終於徹底熄火，就這麼停在大路中央，一點緩衝也沒有。要是卡通片大概就是捧腹大笑的時候，要是驚悚片大概就是驚聲尖叫的時候。

可惜女孩沒什麼幽默感，腦中也只有驚悚片。

「我、我們要怎麼回去？」

機車的問題太過明顯，不是騎士能搞的把戲，她沒有要責怪簡俊儀的意思。況且罵人也沒用，她手上只有好幾包鹽酥雞，總不可能邊吃邊走回去。

簡俊儀沉默地下車，將車牽到路邊，引起一陣狗吠，也讓女孩更加害怕。

「……我打個電話。」

「給誰？」

電話接通了，寂靜中對方的聲音一清二楚，『╳╳車行您好，請輸入您所在的位置。』

女孩明顯鬆了口氣，可看看旁邊的機車，真不知道他該怎麼辦。

令人窒息的黑夜中，路燈吸引翩翩飛蛾，明滅的燈光增添陰森氣氛，流浪狗或看門狗的吠叫如同鬼哭神號，簡俊儀一掛上電話，就看她一臉快哭地吃著鹽酥雞。

會不會太忙啊？

「車馬上就來了，不用擔心。」

女孩嘴巴塞滿食物，點頭如搗蒜。

看她是不中用了，簡俊儀自己打電話給李承慶，說明情況後，果不其然聽到旁邊學長誇張的笑聲，火大地秒掛電話。

就這麼一個吃，一個查找地圖，尷尬之中，計程車終於來了。遞了張千元紙鈔給司機，簡俊儀心中淌血，卻還是帥氣地對女孩說：「不用找了。」

「這裡到大學只要幾百塊吶。」司機在一旁補刀。

「沒關係。」因為我身上只有這張紙鈔。

不知道是出於什麼心態，女孩把手上剩下的所有鹽酥雞都給了他，彷彿在祝福他一人在這夏夜裡，不要因為脂肪量不足而凍死。

計程車走後，他捧著鹽酥雞，靠著機車發呆。

自己到底是怎麼走到今天這一步的？因為學長機車？因為髮型師動作太慢？因為車行老闆根本沒專心檢修？因為水逆出門？

鹽酥雞逐漸冰冷，身後的狗吠越發狂暴，他一個火大，也不管中間隔著鍛造花鐵門，拿著鹽酥雞，就想往身後餐廳門口那條狗砸過去——

「你想幹嘛？」

「幹?!」

第二章

Chapter. 2

蔡以坤正要去洗澡，就聽到附近的狗開始嚎，過了一下又聽到有人說話的聲音。想著店門口有監視器應該不至於會出什麼事，拿著浴巾就去洗澡了。

洗完澡渾身清爽，就聽到汽車引擎聲，原本以為人要走了，結果狗還是吠個不停，只好擦著頭髮出門查看……

結果就看到有人準備拿鹽酥雞攻擊自家店狗。

「你想幹嘛？」

「幹?!」

那人嚇得跳起來，面色慘白地轉過身。對方竟然是跟自己修同一門通識課的人，好像有跟他說過話，叫做——「簡……」

「簡俊儀。」他沒好氣地回應，然後竟然穿過鐵門縫隙，把鹽酥雞塞進自己手裡。

他是鹽酥雞聖誕老人嗎？送狗不成就送人？

「你怎麼在這裡？」

他手一攤，「車拋錨。你呢？」

「這是我家開的店。」

「喔……」他看起來欲言又止，配上路燈下形單影隻的機車，讓人有種被棄養動物的錯覺。

時間不早了，蔡以坤安撫了一下店狗黑桃，對他招招手，「我開一下鐵門，你把車牽進來。」

「真的嗎？」簡俊儀的表情一下就亮了，蹦蹦跳跳地牽著機車，乖乖到門口等，鐵門一開，就從縫隙裡鑽進來。

是也不用這麼幫我家省電。蔡以坤拿著遙控器想。

「你車放這裡，明天再叫車行幫你載回去修，地址我等等發給你。」

不知為何，簡俊儀的臉色又暗了下來。蔡以坤沒有讀心的本事，就這麼站著等他說話。

簡俊儀看他涼涼地等著自己開口，偶爾還摸摸那條凶猛的黑狗，心裡跑過十萬種說法。

如果說「我沒錢叫車回去」，他大概會借自己錢。但借的總是要還，今晚已經花了不少錢了，拖車修車也要錢，自己現在半毛都不想花。

要是問「我能夠住你家嗎」就更奇怪了。只不過是修了同一堂通識課，連名字都不熟的同學半夜跑來借住，答應機率實在不高。

還有什麼還有什麼還有什麼……啊！

「能夠借我機車嗎？」

蔡以坤大概沒想到自己等了半天會等出這句，冷靜的表情有了些微驚訝，「我沒車，我媽明早會開車載我去學校。」

簡俊儀大受打擊，「不會吧！那我搭你媽的便車可以嗎？」

「可以啊，進來吧。」蔡以坤的表情旁邊如果能加字，大概就會寫著「早說啊」。

沒想到順口回一句就能住下，簡俊儀一邊閃過黑狗攻擊，一邊捏著自己臉頰。他就不怕自己是殺人越貨的幫派分子嗎？這麼輕易就收留陌生人過夜？

餐廳內部十分寬敞，大片落地窗旁全都是座位，如果白天來，景色應該十分宜人吧。穿過主棟，他才發現建築物分布原來呈現ㄇ字型，但主棟是ㄑ字型，與另一側的小屋不相連。

中間的庭院擺放著陽傘和室外桌椅，穿過小徑時能夠聞到香草植物的香氣。再往後走就是有著童話般風格的磚造小屋，可惜好看的只有外表，一打開門，裡面就響起震天狗吠。

房子裡基本上沒什麼裝潢，牆壁被日光燈照得白慘慘的，空間大多都用來擺放狗籠。穿過毛色各異的狗，裡面的房間和外面一樣簡樸，一張加大單人床、一組書桌椅、一張床頭桌和小檯燈，黑色的衣桿上只有幾件衣服，看起來都是款式差不多的黑白灰T恤、外套、長褲，簡直像是樣品屋。

「浴室在那裡，我去幫你鋪床。」

簡俊儀還在東張西望，手上就被放了一條浴巾。他呆呆地點頭，乖乖地去洗澡，洗完後默默躺進用地墊鋪好的被窩裡，床上的蔡以坤甚至已經睡著了。

從事情發生到結束，簡俊儀都還沒反應過來。黑暗中，他看著從沒多少遮光效果的窗簾透進來的路燈燈光，心中充滿著十萬個為什麼，可要把收留自己的同學叫起床，未免也太不人道了，只能讓這些疑問在腦海中飄來飄去。

大概是上天也看他可憐，在陌生的房間裡，他竟然比平常更快入睡。沉入夢鄉前，他最後的問題竟然是「蔡以坤平常到底都幾點睡的，未免也睡太熟了吧」……

✧

畢竟睡在別人家，簡俊儀睡得並不安穩。平常總睡到上課鐘前滑壘進教室的他，難得七點多就醒了。

這還得歸功於那根本就不遮光的鐵灰色窗簾。

他嘆了口氣，起身想去廚房拿點水喝，誰知隔壁床上的蔡以坤已經不在了。

疑惑地走出房間，就看他跪在地上，替一隻臺灣土狗繫牽繩，身上的T恤汗溼一片。

「早安……」他難道是成功教科書裡走出來的人嗎？這麼早就起床運動是想參加奧運喔？

「早安。」對他的遲疑毫無反應，蔡以坤點點頭，牽著狗就要往外走。

「你現在就要去遛狗嗎？」雖然現在最重要的不是遛狗，而是自己的早餐，但總覺得要是不跟他說話，他就真的會這麼出門遛狗。

「嗯。」

簡俊儀看著室內一排狗籠，滿頭問號，「一次遛不行嗎？」

「他們彼此不熟，一起遛會打架。」

「喔……這樣你不就要跑很多趟？」

「還好，只剩兩隻。」對話進行到這裡，蔡以坤才意會他要問的應該是別的事，只是他無法參透簡俊儀的想法，於是直接問：「你想問什麼？」

「呃……我想問水杯在哪……」

蔡以坤牽著想要向外衝的黑狗走回餐廳，從客用杯架上直接替他裝了杯水遞過去，「有話直說。」

簡俊儀還來不及道謝，就被他堵了這麼一句，不爽的情緒立刻高過收留一夜的感謝，話不過腦就說：「我不能也想問你遛狗的事嗎？」

蔡以坤摸了摸狗頭安撫牠，轉頭問他：「那現在還有什麼問題？沒問題我要出門了。」

簡俊儀被他固執的態度氣得不輕，連珠炮似的說：「我的問題還沒問完！你幾點可以把狗遛完、我們幾點吃早餐、幾點去學校，還有這些狗哪來的、我能跟哪幾條狗玩、要不要給牠們零食飼料、東西放在哪裡，還有這裡怎麼會有這麼多狗、你的家人呢？該不會都給你一個人顧？」

「……」

問題太多，蔡以坤一時答不上來，表情變得有點呆。

看他這副蠢樣，簡俊儀才消氣，無奈地問出最後一句——

「還有你為什麼會收留我？」

蔡以坤嘆了口氣，「一起出門，邊跑邊說。」

這還可以。

簡俊儀回房抓了錢包就跑，深怕被這個奇怪的傢伙丟下。看到他還站在門邊安撫嗷嗷叫的小黑，不自覺鬆了口氣。

鬆了口氣？大爺我？

蔡以坤回頭，正好看到他如同川劇變臉般的表情變化，不由得產生了點尊敬之情。

✧

還沒入夏，但臺灣一年四季都熱。不到十分鐘，簡俊儀就想回去吹冷氣了。

蔡以坤牽著狗跑在水田中間，偶爾還扯扯想要暴衝的狗，大氣都不喘一下。

「通識課的時候大家都在跟你聊天，不認識也難。昨晚太晚了，這附近沒住人，你想搭我家便車就要等到明天，總不能讓你睡在我家門口。下一個問題是什麼？」

雖然等於什麼都沒解釋到，但簡俊儀也沒力氣問了，他氣喘吁吁地問出下一題：「……狗……狗從哪來的？」

「我媽在做中途，餐廳夠大，客人大多也喜歡動物，就養在這裡了。下個問題。」

「……」簡俊儀喘到快斷氣，瞪著蔡以坤，卻半個字都說不出來。

「什麼？」蔡以坤以為自己漏聽，又問了一聲。他記得他的問題簡直可以堆成一座小山，沒把兩隻狗遛完都回答不完。

「我說……跑慢點！」他用盡吃奶的力氣吼出來。

蔡以坤露出疑惑的表情，「慢跑還能更慢嗎？」

「那就、用走的！」

「用走的遛狗，遛完會來不及去上課。」

簡俊儀站穩腳步，用盡最後的力氣，對蔡以坤的背影大喊！

「我是虛弱的大學生好嗎？被玩樂、熬夜、還有自由自在的生活掏空的大學生！」

蔡以坤很明顯並不這麼想，「二十歲不正是體能達到巔峰的時候嗎？不然你的目標定在幾歲？」

簡俊儀還在喘，還來不及回話，就聽他說：

「七十歲？」

簡俊儀瞪大眼，從他的眼中看到些許促狹。

不得了！這個人超嗆！外表看起來那麼佛系，結果根本就是地雷專家！

「真想讓大家知道……你這麼幽默……」

蔡以坤一勾嘴角，帶著上完小號的棕色大狗繼續往前跑，簡俊儀只能認分地跟在後面用走的。

拖著沉重的腳步回到小屋，蔡以坤已經沖澡出來了。看他一邊擦頭一邊餵狗，簡俊儀也回房拿出昨晚借用的毛巾進了浴室。

狹窄的浴室只有沖澡功能，一向都在睡前才洗澡的他，總覺得在白天洗澡氣氛上好像有哪裡怪怪的，可是滿身大汗也別無選擇。三兩下洗完後，因為不想在溼淋淋的浴室裡面穿上乾燥的衣服，他光著身體、披著小毛巾走出浴室。

「啊啊啊啊啊啊！」

門外站著一位阿姨，正在跟蔡以坤講話，被他嚇了一跳。可還來不及看清楚，轉過頭，浴室門又「砰」的一聲關了起來。

「你同學？」載貨的同時順便來帶兒子上學的蔡媽媽ａｋａ老闆娘，向同樣溼漉漉的兒子問道。

「嗯。機車拋錨的那個。」

大半夜騎到田中間拋錨，想也知道是群體裡的活躍分子。老闆娘一直很嫌棄兒子未老先衰，讚許道：「還挺活潑的，和人家多學點。」

簡俊儀一走出來就聽到對自己的感想，尷尬到想要找個地洞鑽。

低垂著還溼淋淋的頭，他靦腆道：「阿姨好，我叫簡俊儀。」

「俊儀啊，歡迎歡迎。可以常和朋友來光顧啊。」

生意人三句不離本行，可就是這種圓滑的風格，讓簡俊儀鬆了口氣。還好她和她兒子不走一路，要是同樣不愛說話，那還怎麼聊啊！

「沒問題、沒問題！下週有個社團聚會還不知道該去哪裡辦，發現這裡真是太好了！」

「那就等你們來啊，再招待你小點心。」老闆娘拍了拍兒子的肩膀，「你們先整理一下，我去卸貨，等等順便帶你參觀一下。」

「謝謝阿姨！」

老闆娘走了之後，簡俊儀吐出長長一口氣，讓蔡以坤以為他要把魂都吐出來了。「嚇死我了⋯⋯」

蔡以坤三兩下就收拾好書包，甩上肩頭，瀟灑地說：「我先去幫忙，記得關燈。」

「哎，我吹個頭髮就好了！」身在別人家，簡俊儀不想當最後一個走的人。

「吹風機也要拔插頭。」蔡以坤好像完全沒打算搞懂就走出房間，留下他一人站在房間中央。

「未免也太放心了吧⋯⋯」簡俊儀嘟噥著打開吹風機，卻發現房間裡沒有鏡子。帥哥就是好，不用特別吹整造型，看起來還是好看。

簡俊儀也說不上經過這一夜，自己到底是更欣賞還是更仇視他了。他草草吹完頭髮，離開房間。

為了避開早晨的陽光，一整面的窗簾遮蔽了光和熱，也讓室內少了白日的敞亮。吧檯區亮起柔和的燈光，他們母子一邊快手快腳地準備食材，一邊說話。

「你不要老是窩在家裡，讓人家多帶你出去玩。」

「都請不到人了，妳不要想太多。」

老闆娘聽起來很無奈，「我年輕的時候可是舞廳一枝花，把你生得那麼帥，光窩在家裡有什麼用！」

「談折扣好用。」

聽他還有臉頂回來，老闆娘幾乎想打人了，可惜手上都是醃肉的醃料，只能瞪他一眼。

「是，我就等你娶菜攤老闆的女兒了。」

「她才七歲，妳要我坐牢嗎？還是等三十三歲結婚？」

聽到這裡，簡俊儀噗哧一笑，洩漏了行蹤，兩人同時抬頭看向他。

平心而論，老闆娘長得很端正，身材維持得非常好，穿著淡藍色的洋裝看起來至少減齡二十歲。但再怎麼說，都還只是長相好看的普通人，和蔡以坤明星等級的小臉深輪廓相比，還是有很大差距。若不是眉眼間有著和兒子相似的淡然傲氣，很難一眼看出他們的關係。

「俊儀你好啦？阿姨帶你四處看看。」

簡俊儀點點頭，乖乖跟在洗好手的老闆娘身後。

室內的裝潢以水泥灰為主，配上淡黃色的窗簾緩和了冷硬。從西側大面景觀玻璃窗看出去，是滿滿的綠意，方形木製桌椅和桌上的小品插花更加強了自然的意象，和窗外小花園的繽紛相互呼應。

「插花真好看！」

簡俊儀還真不是客氣。形狀各異的陶器上，不同高低的花卉綠葉插滿小小的海綿，作品不大，卻替空間增添了不少美感，頗有畫龍點睛之效。

「這是我女兒插的，她一直嫌這裡太沒有美感。可惜最近工讀一次走了兩個，她也出國留學了，之後就沒人有空搞這些了。」

簡俊儀看向大概放了二十桌的空間。的確，要是全坐滿可就有的忙了。

「你們缺工讀嗎？」

他不過問了一句，老闆娘就雙眼放光地看向他，手比了一個數，「你有興趣嗎？我們時薪很不錯喔，一週最低排班三天，一個月最少一個週末上班，加班半小時以上就會給加班費，員工餐也大受好評！」

「喔……」父母給的零用錢夠多，簡俊儀並不缺錢，可是聽到這麼好的福利還是有點心動。機車壞了要錢，把妹請客也要錢，要是存點錢，畢旅去國外玩更好，誰不喜歡錢呢？

可是看老闆娘這麼求賢若渴，他還是多問了幾句：「那個……之前的人為什麼會辭職呢？」

老闆娘嘆了口氣，「他們兩個都大四畢業了。有一個景觀系的特別會做園藝，如果你有認識景觀系的，拜託幫忙問問……」

簡俊儀怕蟲，聽到要做園藝有點害怕，「阿姨，我不會園藝……」

「除了內場，新進人員可以選擇做自己想做的工作。外場點餐、園藝、環境清潔、調製飲料……反正幾乎全都缺。」

「哎，那沒人做的工作……」

「那些以坤會做。」

簡俊儀狐疑地看向她，「全部嗎？」

「嗯。所以不用擔心。」

看她一臉輕快，簡俊儀狂冒冷汗。

蔡以坤一早起床遛狗練跑、功課名列前茅、還要當家裡的萬能打工仔，他老媽還要求他多多出去玩……難怪他一下課就不見人影，這是把人往瘋人院逼啊！

「你再考慮一下吧。啊，都這個時間了，走吧！」老闆娘也沒逼他，回到餐廳叫兒子上車。

黑色進口休旅車緩緩駛出大門，光看它氣派的外表，還真難想像老闆娘用它來載香草雞腿排和蔬菜。

「俊儀你那臺車怎麼辦？」看他可憐的機車還停在餐廳停車場，老闆娘問。

「可能請車行來拖回去修吧。我才剛檢查過車子，誰知道會出問題。」

「車行信用好嗎？」

簡俊儀遲疑道：「應該可以吧……我表哥的車就是跟他買的，所以我後來也就繼續找他。」

「你是本地人？」

「嗯，就在外環道那邊。」

「那要不要我先載你回家？你幾點有課？」

「不用不用，我十點有課，直接去學校就好。」她的熱情讓簡俊儀受寵若驚，趕緊推辭。雖然今天其實下午才有課，但讓人送回家總覺得很不好意思。

想著幫人幫到底，老闆娘又問：「要不要我另外介紹機車行給你？」

「好啊，謝謝阿姨。」簡俊儀的確也想找別間看看，順勢接受了她的好意。

「以坤你傳給他。」

「喔。」

上車以來，蔡以坤就沒開過口，將自己的存在感降到最低，就算被點名了，也只是默默地拿出手機和簡俊儀加好友。

「謝謝。」他就這麼糊里糊塗地和蔡以坤加了好友，對方的頭像竟然是一盆造景插花，風格比餐廳裡看到的冷硬不少，布局卻更加精妙。

「別客氣。俊儀以後出去玩也多帶帶以坤，學校餐廳兩點一線，半點都不像個大學生。」

沒想到老闆娘的目標竟然是這個，簡俊儀忍俊不禁。看來她對兒子怨念很深啊。

「他在學校很受歡迎，但也要看他有沒有興趣吧……」要是蔡以坤以後改跟自己混，自己的連絡人名單一定會爆炸！簡俊儀實在不想也不肯想像，未來自己可以輕易幫他組一支女子車隊，在街道上呼嘯而過的畫面。

老闆娘透過後照鏡瞥了兒子一眼。好在這個逆子還算上道，平平淡淡地回了一聲：「好啊。」

「真的嗎？」簡俊儀震驚地轉頭看他。我終於也可以踏上輕鬆約妹的康莊大道了嗎？要是我改當他的經紀人可以賺多少？

蔡以坤的眼神從手機轉到他身上，又露出那種冷面笑匠的表情——

「晚上八點前回家我就參加。」

「啊？怎麼可能！」簡俊儀哭笑不得地看向他，竟然發現他的表情還挺開心的。

「日出而作，日落而息。」他聳聳肩，嘴角勾起一絲狡詰的弧度，「早上六點開始我也能奉陪。」

事到如今，簡俊儀充分感受到他刺客發言的威力，想要從後照鏡觀察老闆娘的表情，卻正好對上她無奈的視線。

「日出老人團？」老闆娘實在不覺得有人會喜歡這個行程。

「日出青年團。」蔡以坤回的是肯定句。

「那、那個，元旦或許揪得到啦……」簡俊儀打圓場。

老闆娘眼睛一亮，「這點子不錯！俊儀，就拜託你了！」

瞬間挖坑給自己跳的簡俊儀再次想把自己嘴縫起來。

車子到了學校門口，早餐攤販已經出來了。垂著眼皮的學生們三三兩兩地排著隊，在食物香味中逐漸甦醒。

「謝謝阿姨。」簡俊儀跳下車，和老闆娘揮手道別。車子開走後，他問蔡以坤：「要吃早餐嗎？我請你。」

「好。我想吃飯糰。」

「好啊。」

攤販的動作很快，排沒兩下就輪到他們了。簡俊儀點了兩個招牌，正要付錢，動作卻突然停下來。

「……蔡以坤。」

「嗯？」

「借我錢……」完全忘記自己昨晚把身上唯一的千元鈔交給計程車司機了，他可憐兮兮地向蔡以坤求救。

蔡以坤瞥了他一眼，動作緩慢地打開背包，再緩緩地掏出皮夾……

眼看飯糰很快就要做好了，簡俊儀有些緊張，深怕動作太慢，被後面排隊的人瞪，眼珠子在老闆、排後面的人，還有蔡以坤的手之間轉來轉去。

看夠了他的反應，蔡以坤才丟給他一張五百塊。

察覺到他的故意，簡俊儀白了他一眼，看到他的帥臉後又罵不下去，摸摸鼻子付錢拿飯糰。

「等一下就領錢還你——」

話還沒說完，就看到李承慶和那幾個男生雙眼泛紅地跟他揮手。「這麼早啊你。」

「你們咧？不睡到中午？」

「大牛學長出車禍，嚇都嚇醒了。你沒看群組？」

「沒。」簡俊儀通常都秒回，但昨晚實在太峰迴路轉，還被迫早睡早起，今早發現髮際的痘痘都消了。

另一個學長滿臉鬍碴，沒好氣地說：「這不是還好你車子壞了，不然摔的是誰還不知道呢。」

熬夜過後的腦袋轉得慢，李承慶沒有察覺到學長的針對，呆呆地問：「所以你昨晚就回家囉？」

「對啊，不然咧。」簡俊儀順著他的話回答，絲毫不覺得有哪裡不對勁。

「曉婷後來說你們在田中間熄火，還在想你的車該怎麼辦咧。」

曉婷，我記住妳了，拿我的錢還拆我的臺！簡俊儀暗自咬牙。

說了一會兒話，李承慶才注意到蔡以坤站在旁邊。原本以為他只是正好站在那裡，現在才發現他可能和簡俊儀是一道的。

「失禮啦，光顧著說話。」李承慶不像簡俊儀是個包打聽，並不認識蔡以坤，所以只簡單打了個招呼。

蔡以坤點點頭，從簡俊儀手上的塑膠袋裡拿出飯糰，打算先走。「中午再約。」

簡俊儀知道他指的是領錢還他，學長卻以為他要靠帥哥來把妹，酸溜溜地說：「終於知道你妹是怎麼來的了。」

簡俊儀忍了他一個晚上，終於到了極限，笑著說：「他是我打工地方的店長啦。畢竟都花家裡的錢把妹，會覺得有點良心不安。」

學長也被他嗆過，發現嘴巴上贏不了他後，直接用肩膀撞過去。

蔡以坤眼明手快地把簡俊儀往自己的方向帶，學長撲了個空，直接倒在路旁的機車上，骨牌效應，一倒倒了四、五輛。

「走了。」

蔡以坤揮揮衣袖，不帶走一片雲彩，只留下身後的學長還在那邊罵罵咧咧：「幹恁娘！算不算個男人啊！只會靠別人罩……」

李承慶再怎麼遲鈍也察覺到不對勁，趕緊去把學長扶起來，讓同學一起扶車，再使眼色讓簡俊儀快走。

看他摔成那樣，簡俊儀也解氣了，趕緊跟上蔡以坤的腳步往校內走。

「……謝啦，我去郵局領錢還你吧。」再怎麼不服氣，簡俊儀還是不得不承認蔡以坤真的帥翻了。

「我有課，中午約。」

「你真的有課啊？」

蔡以坤疑惑地看向他，「你不是也有課嗎？沒課剛剛幹嘛不回家？」

「總不能讓你媽繞路送我啊。」

回想起剛剛的對話，蔡以坤皺起眉頭，「你說話總是這麼……不盡詳實嗎？」

「那只是一種說法啦，對他們說那麼清楚也沒意義啊。而且學長也在，我半點都不想讓他知道。」

說到那個流裡流氣的人，蔡以坤的臉色冷了下來，「你跟他很要好嗎？」

「沒有沒有沒有，大人冤枉啊！他就是仗著自己是學長，每次都硬要來虧妹而已！」

「那就好。他會不會到處幫你宣傳打工的事？」

剛剛簡俊儀也只是情急之下說的，完全沒認真看待，但對方的確不會就這麼善罷甘休也是事實，要是發現自己其實根本沒有打工，一樣花家裡的錢出去玩，還不知道會怎麼說。

「那……去你家打工？」

蔡以坤問：「你剛才不就是那麼說的嗎？」

「……是啊，是啦。」簡俊儀哭笑不得，「但我先說，我沒有打過工喔。」

蔡以坤點點頭，「我知道了。那中午我跟你說一下工作內容，排班也盡量排一起吧。」

因為早上聽到老闆娘如何壓榨這個萬能員工，簡俊儀的語氣裡帶了點同情，「吃飯的時候就別想工作了吧，你胃不會痛嗎？」

「我的胃很好，而且你不是想快點上手嗎？」

我沒有想快點上手，那只是一種謙虛……簡俊儀露出尷尬的表情，對他揮揮手，「拜拜。中午學餐見。」

「嗯，學餐見。」

告別他瀟灑的背影，簡俊儀決定要去加點早餐——不然等等午餐消化不良可就慘了。

✧

夜衝後李承慶回宿舍補眠，但可能是昨晚的車禍太驚悚，他翻來覆去根本沒睡好，索性起床吃午餐。午餐時間學餐人滿為患，他嘆了口氣，決定外帶去教室吃，結果遠遠就看到簡俊儀和早上才見過的帥哥一起吃午餐。

回想了一下，他說那是他打工地方的店長……看起來像是個人學生，就已經是店長了嗎？而且他怎麼突然要打工？

隊伍排得很長，等李承慶拿到肉骨茶河粉的時候，簡俊儀旁邊已經沒人了。他毫不客氣地坐到他對面，問：「你什麼時候找到打工的，我都不知道？」

簡俊儀整個午餐都在聽蔡以坤跟自己說明交通方式、發薪時間和討論工作範圍，弄得食不下咽，炒飯還剩下大半盤。雖然知道他只是出於關心，但還是翻了個白眼答道：「我在此向你報告我剛剛撇條長度二十公分。」

「幹。」李承慶笑罵，然後拿出河粉開吃。「你要去哪裡打工？」

「向日葵景觀餐廳，位於遠得要命的王國。他們還缺人喔，你要不要一起？」

「……我就算了。你早上說旁邊那個人是店長？看起來會不會太年輕啦？」

「店是他家開的，從小做到大，目前芳齡二十一，餐飲業經歷搞不好超過十年。」

「原來是童工啊，失敬失敬。」李承慶裝模作樣地拱了拱手，「不過他看起來很難相處哎，你不是最受不了正經八百的人嗎？」

聽他這麼說，簡俊儀才恍然大悟。他的確想過要去打工，但對於接下來的打工生活毫無期待的原因，很可能就出在蔡以坤身上。

「他人是很好啦……不過你說得對，我的確不太會他那一套。」
說著說著，他突然眼睛一亮！
看他興沖沖地點開手機，李承慶問：「怎麼了？」
「研究研究就好啦！」
「研究什麼？」
「研究他星盤啊。」
李承慶皺起鼻子，露出聞到屁味的表情。
簡俊儀轉頭問：「幹嘛那個臉？」
「你怎麼會有他的星盤?!那不是要出生時間嗎？」
對哎，的確有點噁。怕自己會瞬間失去這個朋友，簡俊儀解釋：「有個女生暗戀他，弄到他的出生時間給我，要我幫她看兩人合不合。」
「聽起來更恐怖了。」李承慶面色凝重，「這種個資法都不管的嗎？名字可以改、電話號碼可以換，生辰八字不能改哎！」
「我又不會幹嘛，看看而已啊。」
「而且誰能弄到出生時間？我連自己的都記不得了，他本人搞不好也不知道吧。」
簡俊儀閉上眼，「好，先停止你的正義感，搞清楚，做錯事的是那個女生不是我好嗎。而且我又不會作法，就連看合盤都不太準——」
「啊——是不是之前圖書館的那個女生？」

看他一臉「我好聰明」的樣子，簡俊儀嘆了口氣，「對，你好聰明。」

弄清楚人事時地物，李承慶又回到那個正義凜然的臉，「你還是不要看比較好。」

簡俊儀露出兒童電視臺大哥哥的表情，「話不能這樣說。我去他那邊上班，要是摸不清老闆的個性，搞不懂他的溝通、表現方法，那不是會替人添麻煩嗎！」

「……是沒錯……」

看他的眉頭已經不皺了，簡俊儀繼續補充：「而且我也有你的星盤啊，就算知道，我也不會事事順著你。」

「這個我倒是希望你能配合點，嘴巴不要那麼毒。」李承慶嘆了口氣，「學長也不知道吃錯什麼藥，一直說你的壞話，不用想也知道是你自己惹的麻煩。」

「幹？怪我囉？他自己在那邊嘰嘰歪歪，動不動就想壓我一頭，也不看自己是什麼鳥樣。」

「這種話你私底下說就好，幹嘛在其他人面前不給他面子？」

「那也是他先開始的。」

「他是學長啊。」

「我是學弟啊！年紀小不懂事！他的心胸怎麼能比他懶趴還小！」

這點李承慶倒是同意，不過現在不是附和的時候，不然他只會變本加厲。「總之你小心點就是了。我之後也會小心不讓你們碰頭的。」

簡俊儀笑了，「算你夠義氣！」

吸了一口河粉，李承慶問：「所以咧？他是什麼星座的？」

「處女座。」

近朱者赤，近墨者黑，李承慶和他要好，自然聽了不少星座知識，皺眉道：「處女座不是完美主義，很難搞嗎？」

「月亮天蠍，上升牡羊，真是救命。」簡俊儀閉上眼，認真思索自己逃出生天的方法，「不過他看起來半點都不牡羊，奇怪了……」

「牡羊座看起來像怎樣？」

「別說牡羊了，他看起來就很不火象，也沒有火星人那種感覺……」簡俊儀已經進入自己的世界裡，「而且水星處女的話怎麼可能那麼少？」

李承慶不像他對星座這麼熱衷，只知道風火水土四類型當中，火象星座屬於比較有衝勁、有活力的類型，而火星人應該是指以火星為守護星的星座……但具體有哪些星座他也不是很清楚。而個人星盤中，水星標誌著一個人的表達方式與風格，如果翻譯成白話，大概就是指蔡以坤的表達方式「很不處女座」的意思吧。

「那個女的是怎麼知道他出生時間的？搞不好她記錯了，或是聽別人亂說的呢？」

簡俊儀死盯著手機上的星盤圖片沉思，彷彿入定。李承慶已經習慣他突發性展開腦內小宇宙的模式，專心吃著自己的午餐。當他正要喝完最後一口湯，就聽簡俊儀一拍手！

李承慶手一抖，差點沒把湯潑到自己臉上！

「幹！嚇死人！」李承慶放下湯碗，瞪了他一眼，卻看他低頭暴風式扒飯。

「怎樣，看出些什麼了？」

「案物翁（看不懂）。」

「啊？」

「我懷疑我對星座的了解還有待加強，反正都要去他家打工了，不如觀察一下。」

「……盯著他看？」李承慶瞪大雙眼，鮮明表現出那個「盯」。

「反正我是菜鳥，一定是他帶我。」

「是喔……店長要親自帶人喔？應該會讓其他前輩帶你吧？」

簡俊儀向來不喜歡別人反駁他，即使對方說得對，也會想辦法多說幾句。「他媽說工作種類超多元，總不可能每一種其他人都會，我就看看有什麼是非得要他帶的！」

看他一臉躍躍欲試，李承慶這次閉上嘴，順手把桌面收拾乾淨，走到回收區丟垃圾。

——我是絕對不會提醒你，你跟他絕對合不來的！

✧

晚餐高峰期已過，簡俊儀收拾了一輪垃圾後，脫下圍裙走出廚房。

「學姐我下班囉。」

「記得打卡喔。」

「好。小老闆明天什麼班？」

「班表上是寫早班啦，但豆豆明天好像要送養，所以可能中午後就不在了。你有事找他？」

「也沒有啦……沒事！拜啦！」

簡俊儀對教育系的學姐揮揮手，走出餐廳後嘆了口氣。

李承慶說得沒錯，來這裡打工已經過了一個禮拜，卻只瞥見蔡以坤幾眼，連話都沒說到。

明明說要把班盡量排在一起的！蔡以坤你這個騙子！

雖然他也知道，歸根究柢還是餐廳生意太好了，他媽又把所有事都丟給他，就算同時工作也說不上幾句話，可是這種預想落空的感覺還是讓人不爽！

入秋後天氣微涼，晚風吹過他忙到汗溼的皮膚，讓他起了一身雞皮疙瘩。簡俊儀一路上都無意識地噘著嘴，停好車、上樓開鎖，看到坐在沙發上的爸媽嚇了一跳。

「你們在家喔？」

賴女士聳肩，一臉「你看不出來嗎」的表情，簡爸則是轉頭「嗯」了一聲，又將視線轉回電視上。

看他們累成一灘爛泥，簡俊儀又問：「吃過了嗎？」

「沒胃口。不用管我們，你去休息吧。」簡爸看起來是真的很累，對他招招手，等他到自己身邊，拍了拍他的肩就打發他走了。

那就是沒吃的意思。簡俊儀走到廚房，將餐盒從塑膠袋裡面拿出來。「我帶了一些打工餐廳的菜回來，要吃自己微波。」

「你開始打工啦？在哪裡？」賴女士問。

「向日葵景觀餐廳。同學家開的。」

「你還是學生，讀書才是本分，打工不要排太多。錢不夠跟我說就好，知道嗎？」

「知道～」不想聽他們的老生常談，簡俊儀閃進浴室洗澡。沒想到等他洗完，爸媽還是維持著相同姿勢看著電視。

勞動是狗屎。不過自己身邊的工作狂似乎也太多了。

回到房間，他拿出手機，發現訊息一堆，還有個通識課程的小組報告在催資料，於是又回到客廳電腦前。

簡家的電腦只有一臺，說是公用，但根本只有簡俊儀一人在用。雖然爸媽也問他升上大學後要不要一臺筆記型電腦，但只要有了筆電，小組討論就有可能要負責揹電腦去，推工作也困難，真是麻煩死了，不如沒有還省事些。

「你要寫功課？」簡爸問。

「一下子就好，不影響，你們繼續看。」

才剛登入通訊軟體，就跳出蔡以坤的訊息：『聽說你找我？』

說真的，簡俊儀也不知道自己找蔡以坤幹嘛，可是天天看不到人，就有種計畫落空的失落感。他想了想，老實回：『沒什麼，你不是說排班要排一起，你來帶我？』

『最近比較忙。聽說你學得很快，外場即戰力。』

簡俊儀「哼」了一聲，打字速度更快了，『我誰～這不是理所當然的？』

『不過常常忘記打卡，被記遲到早退會扣錢的。』

他嘴一癟，『你要不要改打卡鐘的位置？我都在外場，放在內場角落真的看不到。』

『你個人物品沒放內場？』

『拿了就走，很少去看其他地方啦！』

正說著一堆歪理，他就聞到一陣熟悉的飯菜香，伴隨著微波爐「叮」的一聲，撲鼻的香味惹得他肚子又餓了。

『聽說你比琪琪學姐更會做員工餐？』

他可以感受到螢幕對面停頓了幾秒，消化自己變換的話題，過了一陣子才得到一句：

『依個人感受而定。』

廚房傳來賴女士的聲音，「俊儀，這是你們的員工餐？」

「對！不錯吧？」

「你再說一次你在哪裡打工，我改天帶客戶去。」

「向日葵！」

「好！訂位找你！」

「下班時間，恕不受理。」

和老媽隔空喊完，他又開始打字。『那下次做給我吃？』

『大家都吃得到。』

『但我還沒吃過。』

對方沒有回以常見的「……」，反而就此沉默不語，簡俊儀的情緒一下子就盪下來了，死盯著螢幕。

「你不是在寫功課？」聽到鍵盤聲停了，賴女士走到他身後問。

「法律有規定不能同時回訊息嗎？餵我一口。」

賴女士無奈地舀了勺蕈菇飯，送到兒子嘴邊，「你不是吃過了嗎？」

「洩憤。」

簡俊儀這輩子最大的悲劇，也是最大的恩賜，就是他爸媽對他那顆轉不停的腦袋完全沒有剖析的興趣，自然而然地接受這個兒子天生難搞。即使搞不懂也不會不懂裝懂，連試圖搞懂的興趣也沒有，因為他們的人生已經有太多事情要做了。兒子？脫離半獸人時期後生活能夠自理就好了。

明明吃著老媽餵的蕈菇飯，簡俊儀卻突然有種悲從中來的感覺。就在他準備要假裝打呵欠，隱藏雙眼的閃閃淚光時，蔡以坤回應了。

『完整打卡一個月，我單獨做給你吃。』

「讚啦！」

「怎麼了？作業做完了？」簡爸捧著另一碗蕈菇飯從旁邊飄過去，坐回電視前。

簡俊儀咳了兩聲裝沒事，「對啦，進度不錯。」

賴女士冷眼旁觀，坐回老公身邊，「他談戀愛啦。」

「啊?!」父子同時驚呼。

「不是，妳幹嘛亂說，我只是跟同事說話——」

「你瞎了我沒瞎。明天又要去買衣服還去剪頭髮，情緒起伏那麼大，還要人家做飯給你吃。」

「那是因為他很會做飯！妳不要說得那麼曖昧！」簡俊儀全身噴汗，不用照鏡子也知道自己臉紅了。

「呵。你都沒要我做飯給你吃過。」

「那是因為妳做菜超難吃！人家從小就進廚房幫忙家裡！」

「好好好，要是好吃記得打包回家給我嘗嘗。」

「媽！」

「廣告結束了，你可以閉嘴了。」

「媽——」

「幹嘛笑成這樣？」老闆娘放下窗簾，開啟保全系統，就看到兒子嘴角上揚地擦杯子。

雖然上揚那個幅度一般人應該看不出來。

「簡俊儀應該會準時打卡了。」

「喔？你用了什麼方法？」

「我說要做菜給他吃。」

「然後？」

「就這樣。」

老闆娘皺眉，「這麼好搞定？」

「妳覺得要怎樣？」

「我覺得對家人用這招還行，對員工——」說到一半，她突然閉嘴了。對著疑惑地看著自己的兒子，她說：「你用你的方法試試看，反正你已經是這間店的店長了。」

「兼股東。」他的語調裡滿是自豪。

「是是是。錢都拿來投資，難怪至今單身。」

知道媽媽又要念自己不交女朋友，蔡以坤放下杯子，閃進內場揹包包。談戀愛怎麼可能比工作好？不賺還虧。

老闆娘看他瀟灑的背影就來氣。小孩真的是生來討債的！

「我去開車，你給我快點。」

✧

十一月天氣轉涼，正是商家打折的季節，百貨公司裡人滿為患，好在簡俊儀不急，手拿美食街買的優格冰沙，搭乘手扶梯從地下二樓一路看上來。

走到人煙稀少的男裝樓層後，他熟門熟路地走到專櫃裡的小沙發前坐下，大爺似的問：

「你到底好了沒？」

「好了啦。」李承慶打開試衣間的門，走了出來。

李承慶人高馬大，身高超過一百八，雖然五官長得馬虎，但勝在存在感強，比那種就算在你身旁晃了一整天，還沒產生半個記憶點的外貌好了不只一星半點。他平常總穿著T恤、短褲和球鞋，十足十的臭直男，但穿上版型修身的Polo衫和休閒褲，就突然有種希臘船王的感覺——尤其他還有自然捲，異國感太強了。

「Polo衫哎，會不會很老土啊？」他很不自在地拉拉領子、摸摸衣襬，在全身鏡前跟條蟲一樣。

「你的審美是不是有問題？」明明是自己把對方拉來的，簡俊儀卻非常、非常、非常不想稱讚他這樣穿比平常上相許多，一如以往地反脣相譏。

「先生這樣穿真的非常好看！」

他不賞臉，女店員卻不是。

看慣了大腹便便的中年男子，她現在的表情簡直可以用喜極而泣來形容。就說歐系品牌本來就不是給老頭子穿去打高爾夫的！身材勻稱的年輕人穿起來連氣質都變得高雅了！

「是嗎……」即使女店員看起來年過四十，但終歸是個女的，眼光應該不會錯吧？他在鏡子前走來走去，就是不太習慣自己這副模樣。

「現在就買跨年要穿的會不會太早了？」

聽他還在那邊嘰嘰歪歪，簡俊儀用力吸了口冰沙，用牙瘆的表情問：「不趁著打折來買，你嫌自己錢多？」

「是是是，現在全面六五折，還有買五千送五百，都可以現抵。」有了他的助攻，女店員拿起計算機敲敲打打，無數個零加減乘除之後的確是少了一位數。

李承慶的衣服都是陪媽媽去菜市場時趁機買的，花樣還行，可是版型實在配不上他歐洲人的體型。衣服穿上身是真的好看，可是和他過往的消費習慣差距太大，表情也就不自信了起來。

他進更衣室裡換衣服，磨蹭了半天，一出來，就看簡俊儀毫不猶豫地拿出信用卡一筆結了。趁店員低頭結帳，他小聲說：「哎，我發薪之後再還你錢。」

簡俊儀笑了。其實他是來買自己衣服的，想著有滿額贈，要是能拉到人湊折扣就好了。猶豫不決的李承慶花的只占了一小部分，大多數還是自己的。「得了吧，等著你過年的紅包錢。」

「這麼凱？」

「不是看你想交女朋友都快想瘋了嗎？包裝很重要的。」

「靠，說的好像你有一樣。」

李承慶這傢伙不說話還好，一說話就能直指核心，簡俊儀真怕了他。「我最近那麼忙，你又不是不知道，根本沒空把妹。」

拎著紙袋邊走邊聊，兩人走出百貨公司，要到附近的簡餐店吃午餐。

「你打工真的這麼忙？」

「一個禮拜排五天，一天四個小時，我已經很久沒出來逛了。」

你不是才打工一個多禮拜？李承慶來不及吐槽，還沒過馬路，遠遠就聽到「轟轟」的機車引擎聲，定睛一看，竟是個熟人！

「——靠？學長？」

綠燈一亮，一臺電鍍藍檔車就衝了出去，沿途轟鳴聲不斷。

和李承慶的吃驚不同，簡俊儀冷笑，「就他那猴樣，改車也沒救。」

「檔車好厲害啊……超帥的……」李承慶恍若未聞，痴痴地看著那抹亮藍色的背影。

簡俊儀繼續說：「幾千塊的衣服你都捨不得，十幾萬的車你就有錢？他那臺車該不會是用保險理賠買的吧？」

「唉，也是。」李承慶一臉落寞，像是一隻不慎腳滑、從樹上跌下來的獅子，茫然又迷惘，「我還是努力打工吧。」

「機車又不是長在你身上，別人第一眼看不到就沒用，還不如好好打理自己，帥一點才有發言權。他那種是醜到放飛自我，別學他把紅屁股當招牌。」

話都說到這個地步了，李承慶感嘆：「……你碰上學長就很毒舌哎。」

「我實話實說。」

「那你那個帥哥店長咧？你不是在觀察他？他女人緣好嗎？」

說起蔡以坤，簡俊儀露出比剛才更像小姑的表情，「他？他恨不得把自己關在廚房或是犬舍裡！我來之後外場都是我，別說客人，連我都沒看過他幾次！」

「也就是說他根本不露臉就對了——」

他的話再次被打斷，這次的凶手是簡俊儀的手機鬧鐘。

「咦？今天？」簡俊儀看起來比他還驚訝，拿著手機滑啊滑的。

「打工？」

「對！怎麼會?!」簡俊儀難掩驚慌。從這裡去餐廳至少要騎個二十分鐘，這還是不塞車的狀況下。

「快去吧，騎車小心。」

「好，拜。」還好已經離開人擠人的百貨公司，他跑著過馬路，往車滿為患的停車場而去。

適逢假日，下午茶時間餐廳就坐滿了，內場外場都忙得熱火朝天。簡俊儀進門的聲音被人聲掩蓋，並不明顯，正心存僥倖，但想到那個打卡一個月的約定，他還是乖乖打下遲到半小時的卡。

「你來啦？」老闆娘剛好進後場拿東西，看到他招呼了一句。

「對不起，路上塞車。」面對長輩，他還是會收斂一點油腔滑調。俐落地套上圍裙，展現馬上就要飛奔去工作的決心。

「沒關係。今天穿得很帥喔？」他還算是個新人，老闆娘沒有太介意，反而覺得他今天的墨綠色長袖襯衫很有風格。

「沒有沒有……我去外場了。」

「嗯嗯。」
老闆娘才剛出去，就看到他衝到門口，接待新來的客人，動作嫻熟，沒過多久又到吧檯點餐。
「香草雞腿排、蘑菇牛排七分熟、酥皮濃湯兩份、西西里咖啡去冰、玫瑰拿鐵去冰，再一份熔岩布朗尼。」
簡俊儀一邊點餐，一邊跟伸手招人的客人揮揮手表示收到，接著便腳不點地地去幫忙點餐了。不知道是怎麼應對的，團體桌的客人笑聲不斷。
「俊儀還不錯嘛。」
聽到媽媽這麼說，在做甜點擺盤的蔡以坤回：「他說他沒打過工，妳卻一直拉他來，我就覺得奇怪。妳是怎麼看出他的潛力的？」
老闆娘邊做飲料邊回兒子：「他懂交際，看起來也很聰明，這樣的人做外場最好了。他現在打卡紀錄改善了嗎？」
「改善很多。」老闆娘還來不及高興，就聽兒子繼續說：「但換成遲到。」
原來今天不是偶然啊……
「那你打算怎麼辦？」
餐廳滿座，電話響了，應該又是訂位電話。蔡以坤面無表情地繼續畫花，對著接起電話的老闆娘說：「店裡缺人，涼拌。」

隔天星期一，開店前幾秒，簡俊儀邊脫安全帽邊走進店裡，放下安全帽同時打卡，蔡以坤看向時鐘——遲到了七分鐘。

才剛開店沒什麼客人，他對著正穿上圍裙的簡俊儀走去。結果還沒開口，就看到簡俊儀露出可憐的表情開始訴苦。

「小老闆，我跟你說今天大北路車禍塞車，超可怕的。」看蔡以坤表情不為所動，他又加了一句：「車禍我也沒辦法啊。」

不知怎麼的，明知道他理由一堆，但蔡以坤就是沒辦法凶他，只能僵硬地說：「下次早點出門。」

簡俊儀嘟嘴，「我就沒辦法啊。」

「你不要每次都想卡剛好，要提早出門。」蔡以坤轉頭不看他，要是看了，感覺就會被他的歪理說服。

「好啦好啦！」

不喜歡自己重要的要求被他故作輕鬆的態度敷衍，蔡以坤終於說出一直忍住不說的臺詞：「再遲到就扣薪。」

聽到要扣薪，簡俊儀的聲音大了不少，「你教官嗎？太嚴格了吧！我閉店之後都有留下來超過七分鐘哎。」

聽他準確說出今天遲到的時長，蔡以坤確認了他完全知道自己在做什麼，表情轉冷，

「你可以準時打卡下班，但上班也要準時。」

他冷硬的語氣唬不住簡俊儀，可也足以讓他閉嘴乖乖去做準備工作了。看他灰溜溜地跑進後場，蔡以坤嘆了口氣。

簡俊儀癟著嘴拿出水桶和拖把，開始遲來的店面清潔。

餐飲業的工作內容繁雜，有客人的時候點餐、擺盤、上菜，沒客人的時候時間全都拿來清潔。他是真的很好奇，到底一個正常人類是怎麼吃得桌面地上到處都是的，玻璃上的手印比七月半更恐怖，廁所地板溼到好像剛打過水仗！

而蔡以坤的工作更不得了，自己做的他全都得做，還要接待有意領養的客人，更別說訂貨、算帳這種經營管理工作了，稍有點空檔還會去外面拔雜草、修剪樹木，原本想要巴在他旁邊觀察，現在只想離他遠遠的。

「別那個臉啦，小老闆已經很好了。」琪琪學姐用帶著催眠氣質的聲音說。每次聽到她這個語氣，簡俊儀都覺得自己到了幼稚園向日葵班。

「妳不用幫他說話。」

「找不到停車位、被狗追、忘記帶手機回去拿……上個禮拜你才排四天班就遲到三天，這樣不太好吧。」

簡俊儀整個人小了一圈，低聲道：「我也知道啊……可是就真的很不走運啊！」

「人生不能只靠運氣。」

蔡以坤的聲音突然在背後響起，嚇了他一大跳。

「小老闆，我在幫你開導簡俊儀。」

「我知道，謝謝妳。」蔡以坤對她點點頭，她就離開內場。除了正在專心調醬料的主廚劉伯，就剩他們兩個大眼瞪小眼。

最後還是簡俊儀自己受不了，別開視線，低下頭。

看他態度尚可，蔡以坤在心裡嘆了口氣。不知為何總對他生不起氣來，自己這個小老闆也只能對菜鳥員工認輸。

「你這週的打卡紀錄維持得很好。」氣氛尷尬，他卻說了句簡俊儀意想不到的話：「你可以開始想菜單點菜，提前一週告訴我。」

他的態度這麼和緩，簡俊儀也強硬不起來，扭捏了半天，最後還是說：「我下次會更注意時間。」

看他這次沒有敷衍自己，蔡以坤的聲音柔和不少，「如果真的遇到什麼可能導致遲到的狀況，要先告訴我，不要飆車受傷。」

「……你怎麼知道我騎快？」

「我媽說的。」

簡俊儀癟嘴，「你既然知道了幹嘛不說。」

「她剛剛才打給我。早點出門，安全第一，知道嗎？」

「你的口氣好像我爸……好啦，我努力、我盡量！」

提起水桶，簡俊儀嚇了一跳，因為蔡以坤竟然也抓住了握把，水桶一下子就變輕了不只一半！

「兩個人做比較快，走吧。」

星期一中午客人不多，只有兩組在角落喝下午茶的客人。拖完地後，蔡以坤就帶著琪琪學姐去掃庭院的落葉，留他和地磚上的頑垢奮鬥。

景觀餐廳占地廣大，能夠做好日常清潔就萬萬歲了，吊燈、玻璃、庭院和地板頑垢自然就留給沒什麼客人的空閒時間，至於何時要讓誰做什麼，完全看蔡以坤的安排。有時候他留下工作分配後就出門，或是窩在內場，常常下班時才發現他今天有來。

「唉……這怎麼可能刷得完啦。媽的處女座就是機車！」

刷得腰痠背痛只清了一小塊，看向連綿不絕的一大片地板更是絕望。開業二十幾年的餐廳可以維持得這麼乾淨，全靠這三不五時的細緻維護，道理簡俊儀都懂，可是抱怨也是正常的吧！

這樣的工作他做不到半個月就煩了，也不知道蔡以坤是怎麼從小做到大的。

這麼說，還挺有腳踏實地、不畏艱難、願意用時間證明成果的魔羯座風範的？土星就算了，在沒有特別相位的影響下，做為外行星的天王星、海王星落在魔羯座會這麼明顯嗎？

受不了無數資料在腦內轉啊轉的，簡俊儀點開蔡以坤的星盤放在地上，一邊拿牙刷刷著磁磚縫，一邊在想不通時瞥幾眼。

簡俊儀雖然不認為自己迷信，但可能研究星座久了，只要碰到想不通的事就會下意識去看它。不過他只是個半吊子，還是個越學越覺得搞不懂的半吊子，就算想迷信，也不太確定到底要信些什麼就是了。

「俊儀你在看什麼？」

琪琪學姐的聲音從上方傳來，嚇得他手上的牙刷脫手。

「朋友要我幫他看星盤，我邊刷邊想沒有偷懶！」

看他一臉緊張，學姐笑得慈祥，「沒說你偷懶，你速度很快呀，我也會邊拔草邊聽課堂錄音。你還會看星盤呀？」

「學姐妳知道？」

「知道啊，教育心理學都要讀榮格[1]。」

簡俊儀真不知道榮格是誰，不過既然她這麼說就是知道的意思吧。「是喔，妳是什麼星座啊？」

「我雙魚座。」

「喔喔……二月還三月？」

「二月。」

1　榮格：全名為卡爾．古斯塔夫．榮格（Carl Gustav Jung），為一名心理學家，是將西洋占星術與心理學結合起來，用來分析人的性格和心理，發展成為現今西洋占星術的重要人物之一。

「原來如此。」

看他挪動小凳子換了片區域，琪琪有些哭笑不得，「我都回答了，你沒有一點回饋嗎？」

「星座很複雜的，我只知道妳的太陽星座是要回饋什麼？不過就算知道完整星盤，我也不見得看得出來，所以才要花時間想嘛。」

「那你想了這麼久，有什麼頭緒嗎？」

「什麼都沒有。妳看這些這麼複雜，簡直泯滅人性！」仗著琪琪學姐看不懂，他手溼溼地把手機舉起來給她看，企圖用令人望而生畏的點線面結束這個話題。

「好啦，知道了大師。」如他所料，琪琪笑著走開了，「我學妹也喜歡這些，等她來了，你們可以多聊聊。」

「妳學妹要來打工？」簡俊儀眼睛一亮。

「對，再過幾天就會來了，你要當前輩囉，加油喔！」

身為獨生子，簡俊儀對她那副「你要當哥哥囉～」的說法嗤之以鼻，不過要是來的也是個正妹那就太好了！這間店的隱藏福利大概是員工大多長得不錯，只是為人都太獨立，說難聽點就是孤僻，大有上班好同事、下班不認識的味道，所以他分外期待學妹的到來。

「沒問題，她就是我罩的了！」他笑著拿回手機，手上的水滴卻不慎滴到螢幕上。隨著水珠滾動，畫面不斷變換，他不得不在圍裙上擦了一下，想用乾爽的手指擦去螢幕上的水。一陣手忙腳亂後，畫面停在張瑋惠的星盤。

不會吧，我連學妹的臉都還沒看過，她就能感覺到自己打算移情別戀？妳這個群星聚集在魔羯的美女還真是令人出乎意料啊！

還在心裡碎碎念，蔡以坤滿身是汗地推門進來，正好看到他對著手機發呆。

「簡俊儀，過來喝白木耳。」

他用那張明星等級、稜角分明的帥臉，勞動過後大汗淋漓、健壯的肉體，親切地問候上班時間分神想自己事情的員工要不要喝自己熬的甜湯，再加上之後還要做獨享餐給自己，身心靈全關照到了！如此無微不至的照顧，這不是超巨蟹的嗎？

彷彿有個清脆的鈴聲在腦中響起，他低頭看了一下「張瑋惠」的星盤，再想想這些資料到底是怎麼來的——

不、會、吧！

第 三 章

Chapter. 3

午後的陽光帶著綠葉的光影從景觀窗灑下，正對著出入口的櫃檯外側平臺高度稍高，讓客人方便付帳，內側則是一塊狹長型的桌面，雖然空間不大，但除了收銀機和上面的計算機外別無長物，方便員工在此用餐休息。

躲在櫃檯陰影處，簡俊儀小口小口地啜著白木耳甜湯，隔著琪琪偷看正在舀甜湯的蔡以坤。

他所認識的蔡以坤是個超級工作狂，冷場刺客，衣著樸素簡單，整個人散發冷硬的氣息。但他只要一說話，不是關心，就是保護，默默承擔起所有責任，強烈的魔羯氣息，配上十分巨蟹風格的表現方式，正好與自己手上「張璿惠」的星盤完全吻合。

與此同時，試著將「蔡以坤」的星盤套用在張璿惠身上，原本不懂的地方，似乎也說得通了。

「人生目標就是為了把這個一團亂的世界變得井然有序，而擔任令人討厭的資源回收分類人員」、「生活在自以為看得太清楚，所以會把事情解釋得很極端的小圈圈裡，甚至會因此捲入情殺或仇殺」，還有「金星獅子就喜歡魅力四射又有領袖氣質的人」……

難怪那時她會這麼開心，因為她自己覺得準吧？心靈到底該有多扭曲才會承認這些評語啊！

即使謎底揭曉，簡俊儀依然感覺不到太大的喜悅，反而無精打采地趴到桌上。

……到底為什麼要這樣做啊，張璿惠？

✧

接下來的三個小時，簡俊儀都魂不守舍，不是擦展示櫃時差點從椅子上跌下來，就是洗狗時被馬爾濟斯撲倒，弄得溼淋淋的，讓蔡以坤只能出借自己的衣服讓他一邊去、別搗亂。

「小老闆，你褲子有沒有小件一點的？」

看他把自己的短褲穿得像垮褲，蔡以坤皺眉，「我們身高沒差多少吧？你多高？」

「我一七五。」

簡俊儀身材比例好，蔡以坤沒想到他竟然還不到一百八。「我一八二。體重呢？」

「上週量是六十一……最近可能胖了，大概六十二？」

蔡以坤放下水管，走進室內，從狗籠裡面放出另一隻花狗。這隻花狗不過養了一陣子，就從瘦骨嶙峋變得膘肥體壯，豎著尾巴從簡俊儀面前走過。

「你太瘦了，肌肉量不足。」蔡以坤的聲音從他常過夜的屋子裡傳來，走出來的時候手上拿了條皮帶，「先撐著用吧，你的衣服給我，溼著不好帶去學校。」

「謝謝。」簡俊儀繫上皮帶，盯著一格格的扣眼，終於忍不住問：「你生日什麼時候啊？」

「一月十二。你要幫我看星座？」

簡俊儀抓抓頭，「你剛才聽到啦？」

「我只知道你喜歡講那些。你是看著好玩還是真的相信？」

他的問題有些困難，簡俊儀想了一下才說：「剛開始只是想多個話題，但看到現在，覺得還滿有道理的，我也不知道該算哪一邊。」

蔡以坤向來欣賞誠實的態度，他關上房門，問道：「要是我們兩個星座不合呢？你要相信星座，還是相信我？」

他的語氣自然到像是在問他要不要喝杯水，但簡俊儀的腦袋有點短路。

他表面上的意思，應該是在問他到底要相信標籤與刻板印象，還是要相信自己認識的一切——但這個問題本身就不正確，因為星座不是標籤與刻板印象，它說的是一種思考邏輯，可以往不同的極端去發展。它只是一張不同維度的地圖，要怎麼走端看個人，而不是——

但在這一堆資訊風暴中，答案卻直直砸進簡俊儀心裡，而他也真的說出來了——

「相信你。」

蔡以坤看起來很高興，向來帶著憂鬱氣質的眼睛亮了，笑著拍了他的背一下，然後再次拿起水管。背景是飛濺的水珠和綠草如茵的庭院，在午後和煦的陽光下，他帥到簡直像在拍電影。

「那不就得了。」

簡俊儀的心跳漏了一拍。他緊握拳頭，忍過那種內臟緊縮的不適，反胃感接踵而來。

「簡俊儀？還有三隻還沒洗。」蔡以坤看他又回到先前那個呆呆的樣子，不禁有點疑惑，今天天氣有熱到會中暑嗎？

打工時間結束，蔡以坤特別送他到門口，叮囑道：「騎車專心點，不要發呆。」

「嗯。」簡俊儀草草回了聲，就騎著機車走了，到了快到市區的路口才發現自己忘記戴安全帽，趕緊趁紅燈熄火戴上。

他隨便在路上買了盒蛋炒飯，直到進教室打開便當盒，才發現忘記請老闆不要加蔥了。鬱鬱寡歡地邊挑邊吃，同學們也陸陸續續進了教室，接下來整堂課他都在發呆，努力消化不斷湧上的情緒。

他沒想過自己盯著一個帥哥，會有除了嫉妒以外的原因。

是的，他很容易感到不滿足，怕被人比下去，怕不受人歡迎，怕努力不被看見。對於一個光憑外表就能獲得他人好感的人，他應該只會覺得討厭才對。

但是蔡以坤低調沉穩，踏實努力，扛起的一切早就超過同齡人，甚至從不以為苦，也不會抱怨，面對屢次不打卡還遲到的同事也很有耐心——是的，他明知道自己不對，但又不願意承認——品學兼優還愛護動物，甚至沒有運用自己帥氣的外表博取他人的愛慕，對談戀愛更是半點興趣都沒有！

想到這裡，簡俊儀忍不住打開他的星盤，盯著那個位於七宮的金星水瓶。

不知道他獨樹一格的愛情觀是否真的會越奇怪越來勁，還是會成為一個智性戀，走柏拉圖式戀愛的路子？

就這麼抱著他的星盤亂猜，老實說，以自己的功力應該也看不出什麼新東西了，可是這些問題能問本人嗎？問他價值觀、戀愛觀？對方會不會覺得奇怪？或是他自己也不知道這些問題的答案？

如果真問了，他會不會誤以為自己對他有那方面的興趣？

可是要是沒那種興趣，自己怎麼會這麼想了解蔡以坤？

「同學，你再看手機我就要沒收了喔。」臺上老師無奈地說。誰叫他的手機亮光在黑暗中如此顯眼，連他臉上的迷惘都看得一清二楚。

旁邊的同學都在偷笑，他默默收起手機，乖乖看向投影幕。投影幕上大大的標題「自我認同與親密關係」，終於將他拉回現實世界。

都忘記這堂學長姐大力推薦超好過的課就是在說這個了，簡俊儀失笑。

臺上老師說得投入，同學也聽得認真，簡報一頁頁翻過，甚至還有人舉手發問，與老師同學認真探討不同的觀點。

就在這散發濃濃書卷氣的課堂中，他突然有種奇怪的感覺，彷彿整個腦袋像電腦被系統更新過一樣奇怪。

的確，研究人類的方式千千萬萬，就算不透過星座，也會透過紫微斗數、心理學、行為歸納來研究。即使具體來說並不認識對方，也會產生好奇，就像現在這樣，一群人聚精會神地坐在教室裡認真研究。這一切明明都很正常，怎麼放到自己身上、工具從心理學換成了星座，就突然慌了手腳呢？

至於想要研究人類的原因也很多。小時候會煩惱朋友怎麼突然不跟自己玩了，長大開始會想了解有好感的對象或堂表兄姊、研究同事及上司，從長輩的經驗來看，未來大家還會開始研究自己的父母！

既然人類終其一生都無法不去研究人，至少自己還多掌握了一門技術啊！

下課鈴響，燈亮了。臺上老師一直偷偷注意簡俊儀的表情，發現他的神情開朗許多，便在心裡滿意地點頭——果然今天講得很不錯啊！

✧

隨著天氣轉冷，簡俊儀除了穿上厚外套，也逐漸掌握課業和打工的平衡。只是現在的他雖不會忘記上班，其他意外還是接連不斷。

某個星期四傍晚五點下課後，天空滿滿的烏雲，潮溼的土腥味讓簡俊儀皺起眉頭，不得不打開機車椅墊，從置物箱中拿出醜到表哥給自己後穿不到兩次的藍色連身雨衣，同時傳訊息給蔡以坤。

『出發了，下雨可能會晚到。』

他現在已經掌握住蔡以坤的雷點了。只要不要太誇張，有事前報備，他基本上就不會計較。以前這種狀況他可能會想要騎快車賭一把，但說也奇怪，開始打工之後只要他心存僥倖，總是會遭遇厄運，所以不如慢慢來還比較好。

戴上安全帽後，他一路狂飆，就怕大雨傾盆而下，好在醜陋的連身雨衣除了保暖以外，沒有真正派上用場，他一進門就看到蔡以坤帶笑的臉。

看來滑壘成功了。

正想跟他說點無聊話，就聽身後驚雷一響，「轟」的一聲，雨如瀑布般打下來。餐廳裡正在用餐的客人無不皺起眉頭，擔心地看向窗外竊竊私語。

簡俊儀的興致被打斷，只好走進後場脫雨衣，沒想到才剛進去，就看到一個陌生女生站在置物櫃前面。是新來的學妹嗎？

大概是察覺到有人進來了，站在置物櫃前用手機的長髮女孩轉過頭來。

平心而論，她長得並不算特別漂亮，但是嬌小勻稱的身材還有乾淨的臉蛋，讓人一看就特別有好感，屬於耐看型的長相。她一雙眼睛機警地轉啊轉，一開口便先聲奪人：「你是俊儀學長嗎？」

「那妳一定是小珊學妹吧？」簡俊儀不甘示弱，他才不想當叫不出名字的那個人。

聽他這麼說，兩人交換了一個同樣聰敏的眼神，相視而笑。

還沒說上話，大概得了空，蔡以坤從外場走進來，正經八百地替兩人介紹。

「簡俊儀，她是琪琪學姐的學妹，叫做小珊。小珊，以後有什麼外場的問題可以問簡俊儀，他是我們最快上手的外場。」

兩人笑著對蔡以坤稱好。看他們都沒問題了，他很快就出去了。

「聽學姐說妳也喜歡星座，妳是什麼星座的？」

「我太陽天秤，上升處女。你呢？」

「我太陽雙子，上升天秤。」簡俊儀笑了，「看來我們應該很合得來。」

「別說得太早，我月獅子呢。」她伸出手，俏皮地學貓咪伸出爪子來抓了一下。

「不會吧……我也是！」簡俊儀真的太驚訝了，因為自己和蔡以坤的月亮都落在獅子座，這樣的機率未免太高了。

月亮星座象徵一個人的情緒與私底下的習慣，如果相同的話，常會有種心有靈犀的感受，十分適合長期相處，堪稱好室友，甚至是好伴侶的最佳組合。

對這樣神奇的緣分感到好奇，他明知道自己該去外場了，卻忍不住繼續問：「妳怎麼知道這間店的？」

「我剛好有事來這裡找琪琪學姐，覺得這裡環境不錯。聽說你是機車拋錨才來的？」

「琪琪學姐還真是什麼都說了……」簡俊儀揮揮手，結束話題，「我去外場了，不然蔡以坤要生氣了。」

小珊疑惑地問：「小老闆會生氣？」

「……會。」對我擺臭臉就算。

果然一出去，就看他面無表情地在擺盤，「送到第五桌。」

「好。」簡俊儀在心裡暗道，這傢伙該不會是怕寂寞吧？自己多說兩句耽擱了就臭臉。

蔡以坤本就不是笨人，更何況簡俊儀心裡的OS根本就寫在臉上。他無奈地嘆了口氣：

「我等等要去接我奶奶出院，你不來接班，我怎麼走？」

「喔喔，早說嘛，我還想你等一下又沒課。」

「你把我課表背起來了？」蔡以坤非常驚訝。就連他自己也時不時要看看貼在櫃檯內側的課表班表。

「看過有印象啦。」端起三個盤子，簡俊儀踏著輕快的步伐去送餐了。

飯菜才剛送上桌，他就聽到門口傳來清脆的鈴聲。

「歡迎光臨！」簡俊儀露出燦爛的笑容回過頭，看到來人卻愣了一下。

「這什麼鬼地方。喂，毛巾！」

簡俊儀如夢初醒，趕緊跑進櫃檯，拿了兩條擦手巾給還站在玄關處的男女客人。

被傾盆大雨淋得全身溼的男子抬起頭看到簡俊儀，露出不懷好意的笑，好像此時的狼狽不存在一般。

「看到學長不會叫人是不是？」

將溼毛巾隨手往地上一丟，穿著不合身皮外套的大牛學長大搖大擺地走進來，旁邊還跟著一位穿著駝色風衣的長髮女子，只是她稚嫩的臉龐撐不起故作成熟的風格，不倫不類的兩人意外地合拍。

「學長好。兩位這裡請。」簡俊儀聽到自己制式的聲音後，在內心替自己瘋狂鼓掌。

哪裡來的天才啊，這麼有職業素養！

「菜單先來啊？我們還沒決定要不要在這裡吃呢。」

他身旁的女子露出疑惑的表情，但還是沒說話，專心擦乾頭髮。簡俊儀遞上菜單，看他用溼溼的手翻過紙張，心裡只有千萬個「幹」。

「珍珠奶茶一百五？這裡是不是黑店啊？這麼貴，你幫我打個折吧？」

簡俊儀陪笑道：「我只是來打工的，沒辦法幫你打折。如果菜色不合意，你可以考慮別家。」

「外面雨這麼大，你在開玩笑是不是？」

兩人大步走進店裡，找了個自己喜歡的位置坐下，然後一副大爺的樣子對簡俊儀招手：「海鮮炒飯單點。」

「不好意思，我們沒有賣海鮮炒飯。」簡俊儀趕緊遞上菜單，卻馬上被放在一邊。女子似乎累了，放下毛巾後面無表情地開始滑手機。

「這裡不是有海鮮千層麵嗎？把海鮮拿來做炒飯就好啦，除非你們根本是賣冷凍食物的，不然不難吧？」

做個炒飯對主廚劉伯來說應該只是小菜一疊，但收費還有後續的麻煩才是問題，簡俊儀完全沒有想為此麻煩他，於是重申：「我們沒有賣海鮮炒飯。」

「幹，你是跳針喔？都教你怎麼做了！」

大概是聽煩了，女子突然插嘴：「不然就普通的蛋炒飯吧。」

簡俊儀壓抑火氣，微笑回道：「我們沒有賣蛋炒飯。」

學長的聲音越來越大，「這也沒賣那也沒賣，這間店開來做什麼的？」

「請參考我們的菜單，菜單上面的都有提供。」

「誰要點啊！一份餐點就要三百五，兩個人不就要七百塊！黑店！」學長用力戳著菜單上的價格，一臉據理力爭的樣子，「蛋炒飯你總不可能收我三百塊吧？所以才要點蛋炒飯啊！」

「如果是這樣，推薦您這一區的套餐，價格在兩百五十塊左右。」簡俊儀已經厭倦對話毫無進展了，同時對於自己為何站在這裡產生懷疑。

女子一臉不耐煩地掃過一眼，「學長，算了啦。我要單點義式肉醬千層麵。」

終於聽到有人點餐了，簡俊儀好高興，不過還是提醒：「這一區都是套餐，附飲料和甜點。」

可惜他高興得太早了。女子終於主動翻開菜單，指著上面的價錢說：「你不要送來，我不會吃，也不會付錢。我看看……紅茶五十元、布丁八十元，這樣單點就是一百二。」

簡俊儀已經累了。不如我幫你出錢吧，紅茶布丁我自己吃！只要你們快點吃完滾蛋。

「那麼先生要點什麼呢？」

發現女子的點餐方法奏效，他哼了一聲：「一樣。」

「好的，稍後為您送上。」

回到櫃檯，劉伯聽了苦笑安慰他：「久了就習慣了。小老闆不會在意的。」

小珊學妹揹著包包從裡面走出來要下班，看他愁眉苦臉地怒滑手機小遊戲，好奇問：

「這遊戲不是超無聊的嗎？」

「超。」簡俊儀一個字都懶得說，為了禮貌還是給了她一個字。

「你喜歡？」

「不。」

「喔……」

過沒多久，劉伯端出兩盅千層麵，簡俊儀放下手機，深深一個吐納才起身送餐。放下餐點時他提醒：「請小心餐具會燙。」

奧客二人組都臭著臉滑手機，誰也沒在聽。簡俊儀巴不得不要跟他們對話，放好餐點轉身就走。結果才剛走到櫃檯，就聽到一聲尖叫！

「啊！好燙！」

哇～這個發展怎麼半點都不讓人驚訝～

簡俊儀還來不及轉身，就聽到餐點被掃落地面的碎瓷聲。

幹！

在心裡罵了一串髒話，他才走到桌邊，只見兩份餐點都被打碎在地，全靠千層麵的起士黏著才沒讓碎瓷飛太遠。

「客人您有沒有怎麼樣？」

面對他禮貌性的提問，兩人回以大吼，「燙到啦，你眼瞎啊！」幹，你才耳聾！

簡俊儀再也難以按捺火氣，匆匆丟下一句「我去拿冰塊來」就要閃人，誰知道馬上就聽到身後傳來學長的大嗓門：「燙到人你們餐廳都不用負責的喔！叫你們老闆出來！」

「老闆不在。」簡俊儀此時分神想到自己似乎還沒問過蔡以坤父親的事，心想下次一定要問問他。

「那店長！店長出來！」學長提高音量，全餐廳的人都看過來。

「店長不在。」

「這間破店沒人了嗎？」見他激動拍桌，其他客人已經偷偷拿出手機錄影了。

「我先去幫您拿冰塊。」雖然不願意，但事到如今可能要拜託劉伯出面了！

簡俊儀想回去搬救兵，但學長可不願意。他一把抓住簡俊儀的手腕想要拉住他，卻突然被人一把拍開！

「你找店長什麼事？」

「你剛剛不是出門了嗎？」看到蔡以坤的瞬間，簡俊儀有種想哭的衝動。直到這個時候，他才發現自己早就撐不住了。

「有種現代發明叫手機。」蔡以坤把他拉到身後，而後面無表情地用非常禮貌的口吻問：「請問我們能先幫您做燙傷處理嗎？」

即使蔡以坤看起來太過年輕，但被一個一百八十幾的壯碩男子居高臨下地「詢問」，

還是有點效果。

「不、不用！我告訴你，不要以為這樣我就不會去開驗傷單喔！」

「您這是拒絕進行緊急處理嗎？」

簡俊儀聽他冷到極點的問句，突然有種不好的預感——怎麼感覺他比自己還更會惹毛客人？

「怎麼？法律有規定燙傷就要把手給你用嗎？你是醫生嗎？弄傷了你負責嗎？」

「餐廳每年的安全講習都有協助顧客進行緊急處理的內容，既然傷害已經造成了，請讓我幫您進行緊急處理。」

「幫？搞清楚，我原本要吃的是炒飯，是你們沒賣，我們才點這個燙死人的東西。」

蔡以坤嘆了口氣，「也就是，您想要點菜單上沒有而我們也沒賣的餐點，然後在店員提醒之後，改點千層麵。接著又在店員提醒之下，自己去摸焗烤盅，在燙傷程度不明的狀態下拒絕進行緊急處理，還把兩個烤盅都打碎了。」

喂喂……他是戰神嗎？簡俊儀目瞪口呆，原本落下的一顆心再次高高提起。深怕他越說越可怕，簡俊儀抓住他的手臂，「小老闆，別說了，不如叫警察吧？」

學長嗤笑，「死娘炮，動不動就想靠別人，這樣還算是個男人嗎？」

幹！剛才說要找老闆、找店長的不就是你嗎？

「他本來就是男的，有什麼好證明的。」蔡以坤面無表情地站在簡俊儀前方，對著還在罵罵咧咧的學長說道：「倒是你，需要證明自己是個有禮貌的好公民。警察早就叫了，相信大雨出勤沒人會開心。」

「你有什麼理由叫警察？」女子不常開口，只是一開口就讓人特別想把她的嘴巴縫起來。

「妨礙營業。」這種客人他沒處理過一萬也有八千，蔡以坤依舊面無表情，掏出手機。

學長一手將他的手機打到地上，隨後用腳踢得遠遠的。

「拍什麼拍？」

蔡以坤原本想連絡媽媽搭計程車，不要等自己了，可惜剛剛忘記把保護殼拿掉，這樣還能多算他一條毀損罪。想到這裡，他勾起冷笑。

「店內公共空間本來就有監視器，你攻擊我的畫面也拍得很清楚。」

「林北哪有攻擊你！」

「畫面會說話。手機不知道壞了沒，我應該也要去驗個傷。」

學長聞言後左右張望，果然在柱子上看到不甚明顯的監視器，氣得直接拿桌上的玻璃杯朝監視器砸去。

眾人都倒抽一口氣，遠處在座位上錄影的其他客人甚至激動地站起身！萬歲啊！

也不知道他什麼時候叫的警察，才剛進門，就看到這精采的一幕！

「喂！你在做什麼！」

簡俊儀看著這一片荒唐的鬧劇，目瞪口呆地看向蔡以坤。蔡以坤拍拍他緊繃的肩膀說：「看看警察來了幾個人，按人頭準備外帶便當。」

簡俊儀愣愣地點個頭就轉身，馬上又被叫回來，「菜單拿去，讓他們隨便點。」

警察人都很客氣，最後沒有任何人點餐。於是蔡以坤讓劉伯做了五盒義式肉醬千層麵讓他們外帶回去。沒過多久，老闆娘的電話就來了。

蔡以坤拿起完好無缺的手機，一語不發地挨罵。掛上電話後，他直直往小屋走去。

「老闆娘幹嘛罵小老闆？」收拾完殘局，簡俊儀問劉伯。

「他今天本來是要去接他奶奶出院，真是不巧啊。」劉伯苦笑。

簡俊儀還想再問，晚餐時段的客人就進來了。就在他開始忙出餐的時候，才發現蔡以坤不知何時又默默出來了，沉默地站在吧檯內擺盤。就這麼抱著滿腹疑惑，終於迎來打烊時刻。

「簡俊儀，雨太大了，我開車載你。」

看他還是板著一張臉，簡俊儀嘆了口氣，「蔡以坤，笑一個。」

在店裡簡俊儀很少這樣叫他，蔡以坤還來不及反應，就看他超快速地跟自己自拍了一張，還一邊品評，「就知道你笑不出來，算了。」

「你在幹嘛？」

簡俊儀雙手並用快速打字，「跟我爸媽說我今晚住這裡，反正路上淹水他們也回不了家。」

「……是可以，但你還沒問過我吧。」

「代替住宿費，我會陪你聊一整晚，不錯吧。」

「沒什麼好聊的。」蔡以坤脫下圍裙，走進裡面關燈，走出來時，簡俊儀已經撐好雨傘在等他了。也不知道是出於怎樣的心情，他輕聲說：「謝謝。」

聽他道謝，簡俊儀笑了，「哎，搞錯了吧，我住你家你還謝我。」

蔡以坤沒再說話，只深深地吐出一口氣，一起往小屋走去。

✧

蔡以坤一進門，滿房間的狗就湊到籠子邊嗚嗚叫。看牠們尾巴都快搖斷了，他只能蹲下身一一安撫。「你先洗吧，我陪陪牠們。」

簡俊儀看他面無表情地摸狗，猜想他可能需要動物療癒，於是乖巧地去洗澡了。這次他出浴室前先開了條門縫張望，看他還是用同樣的姿勢坐在和剛才不同的籠子前，這才安心出來。

「我洗好了，要跟你借個睡衣。」

蔡以坤遊魂似的起身，看都沒看他一眼就走進房間，最後給了他一件白色T恤。

氣氛實在太沉悶了，簡俊儀忍不住開了個玩笑，「呀～色狼～只給人家上衣～」

蔡以坤對他高八度的假音不為所動，帶著換洗衣物進浴室，「你穿不下我的睡褲。」

浴室門應聲關上，簡俊儀站在被狗籠環繞的空間裡，和一群狗你看我、我看你，總覺得自己好像跟牠們一起被丟下了。

沒過多久，蔡以坤就洗好了。簡俊儀躺在他的床上，就像在自己家裡一樣自在地滑手機。他也沒說什麼，默默地拿出軟墊和棉被枕頭替他鋪好床，半句話都沒說，就在書桌前坐下。

簡俊儀早就發現他的動作，默默等他把事情做完，沒想到他連一句話都沒說就要開始看書，皺眉起身問：「你要趕功課？」

「預習。」

從父母緊盯功課的國小後，簡俊儀就沒聽過「預習」這兩個字了，不禁好奇地爬下床湊到他身後。

還真的是在預習啊。資管系的課本對他來說有如天書，看了幾眼他就沒興趣了。

「還沒教的地方你看得懂嗎？」

「記下看不懂的地方，上過課就懂了。如果還不懂，課後再問老師。」

「這樣不是要多花時間嗎？」

他的問題一個接一個，蔡以坤不得不放下課本，轉身專心回答問題，「課堂當下全都學會，省去了後面複習讀書的時間，如果要交報告，同時就能想好執行方法，甚至可以先開始寫作業。這是最省時間的方法。」

簡俊儀聽得目瞪口呆……難怪他每天都在工作，成績還能名列前茅。

「還有問題嗎？」

看他的神情比以往更加疲倦，簡俊儀問：「你會跟朋友一起徹夜聊天嗎？」

「大概晚上十點我會統一回訊息。」

「不是不是，我不是在問這個！」簡俊儀突然覺得他簡直就是外星人，還是偏遠行星孤僻型的，「例如畢業旅行啊、去朋友家過夜啊，總是會聊天的吧？」

蔡以坤想了想，突然認真地問：「你想跟我聊天嗎？」

「是……是想啦……」簡俊儀被他的氣勢唬住了，不禁脫口而出……不過正確來說，應該是原本想，但你這麼一明說，突然就沒興趣了。

「不用扯其他人，你可以提出要求。」

簡俊儀發現跟他完全說不通，直接躺回床上拿起手機。

摸不透他到底想怎樣，蔡以坤轉頭回去看書。明天只有早上四堂必修課，內容不多。預習完後他訂好鬧鐘，這才打開通訊軟體。

發現簡俊儀竟然傳給自己二十幾則訊息，他疑惑地點進去。訊息有長有短，他只看了第一則：『明天幾點出門？』

他起身關燈，就著窗外路燈的燈光，和平常一樣躺上床——

「哎喲！」

簡俊儀有滿肚子的話想問他，結果等到都睡著了，卻被一個泰山壓頂壓醒！

「你怎麼在這裡？」

簡俊儀的五臟六腑都被他壓出來了，沒好氣地說：「不是你讓我住下來的？」

「我鋪好床墊了。」

「要是我睡下鋪睡著了，你才不會叫我起床。」

「你都睡著了，我幹嘛叫你？」

「今天發生了這麼多事，你不想聊聊嗎？」

蔡以坤爬上床，一點一點地把他擠下去。被窩被他蓋得熱熱的，充滿他身上甜甜的味道，在微涼的秋夜，突然有種難以言喻的溫暖感受。

他不由得軟了下來，「如果有話要說，你剛才幹嘛不說？」

「你不是要預習？」

「可以說完再預習。」

說到這裡，簡俊儀再也無法忍受，在地鋪上滾來滾去！

「聊天！不是待辦事項！不是我問你答！」

蔡以坤察覺到他的動靜，不禁覺得有些好笑，「不然呢？聊天不就是想出個主題，然後說話？」

「嗶嗶——光是『想主題』這三個字我就可以給你打零分。」簡俊儀大嘆一口氣，「聊天的內容要從對方給出的資訊去延伸，不然不就變成拷問、質詢或是自說自話？」

蔡以坤想了想，突然覺得還挺有道理的。不過他實在不擅長這麼多變的溝通方式，加上剛被打了零分，便默不作聲。

「生氣啦？」

「沒有。」

簡俊儀嘟噥，「還以為你剛才玩過狗，心情有好一點了。」

想到他說的「由資訊延伸」，蔡以坤回道：「其實我不喜歡狗。」

「啊？」

怕他誤會，他補充，「當然也不討厭，可是並不特別喜歡。」

「那你還這麼認真照顧狗，剛剛還陪牠們那麼久……」

「牠們現在歸我管，這是我的責任。」

聽他說得理所當然，簡俊儀有了不好的猜想，「該不會……你也不喜歡開餐廳吧？」

「這我倒沒想過。」黑暗中，蔡以坤的聲音中多了絲少見的不確定，「從小在這裡長大，習慣了。」

簡俊儀留了個心眼，問：「這裡是你爸媽開的？你出生前就開了？」

「嗯。」

「那你爸呢？」

這次的停頓稍久一點，久到簡俊儀的雙眼都適應了黑暗，甚至想要攀著床沿看他是不是在裝睡，他才終於出聲。

「他欠債跑路了。」

簡俊儀大受震撼，直接坐起身來！

「什麼？」

從他的反應，蔡以坤再遲鈍都知道他想問什麼，乾脆一次說完：「這塊地是我奶奶的，車子房子登記在我媽名下，但是聽說我小時候討債集團天天來，最後還是我奶奶幫他還錢擺平，所以我們也有責任要奉養她。」

繼「預習」這個名詞，簡俊儀也好久沒聽到有人說「奉養」這個詞了，可比起這個，他剛剛說的內容更讓人震撼。

即使父母都忙於工作，甚少搭理自己，但簡俊儀完全無法想像有個拖累自己的家人會是什麼感覺。向來想說什麼就說什麼的他，第一次深刻地害怕自己說錯話，久久沒有言語。

「不聊下去？」這次，換蔡以坤的聲音充滿促狹，可簡俊儀還是能聽出他情緒裡的尖銳。

攻擊是最好的防禦。簡俊儀若無其事地開口：「我在想，你要是早點跟我說，說不定今天我就自己解決了，你也不用惹得你奶奶不開心。」

也不知道是少根筋還是怎的，蔡以坤認真地說：「我的確沒有想過要跟其他人求助，就算說了，也不確定其他人是不是能幫上忙。而且你對處理這種事沒有經驗——」

「停停停！凡事都有第一次，總不可能所有事都有人教吧。你第一次碰到奧客，難道也有人在旁邊剖析案例給你聽？」

「不一樣。我是經營者，你是僱員，我有責任保護你不受傷害——」

「又是責任！不要忘記，我跟你同年，瞧不起人也要有個限度！」說起這件事，簡俊儀火氣又上來了，「你不要什麼都想著自己承擔，分點信任給別人啊！」

「你沒有打過工，我怎麼相信你可以？」

說到這裡，簡俊儀的氣焰明顯收斂不少，嘆了一口氣，坐起身，趴在蔡以坤的床沿側頭問：「那你是怎麼學會的？」

「……我知道你想說什麼，但我們的立場不同，要是餐廳怎麼了，或是你受傷了，問題只會更大。」

簡俊儀沒有被他帶偏，依舊問：「那我想說什麼？」

「我能學會，你也能學會。」蔡以坤伸手揉了揉他的頭，馬上就被那柔順的觸感虜獲，忍不住多摸了幾下，最後甚至順著髮流，將他鬢邊的髮絲勾到耳後。「對嗎？」

他的聲音低低的，震動了簡俊儀的耳膜，也震動了他的心，簡直就跟沉迷於奇怪玄學修行的人一樣，感受到不可思議，心靈的共振。

不想去思考這種奇怪的感覺從何而來，他火速躺平，甚至忘了前一刻他們在說什麼，只不斷回味耳朵深處那種神祕的麻癢，還有耳骨上殘留的，他手指的觸感。

「你不是想聊整夜？」

「……你怎麼不檢討一下自己太難聊？」

蔡以坤輕笑，「我承認。那睡覺了？」

簡俊儀並不是故意要激他，聽他這麼回，反而有點無措，最後才吶吶地問：「……明天幾點起床？」

「我早上五點到六點半遛狗，然後開車和我媽去買菜，應該可以趕在八點前到學校。你可以自己騎機車回家，問這個幹嘛？」

沒想到他的行程這麼趕，簡俊儀的聲音更小了，「你早八怎麼不早說？就沒想要託我幫你遛狗嗎？」

「你起得來嗎？」蔡以坤原本想問的是「你跑得動嗎」，但想他一片好心，就選了比較中性的問法。

「你叫我就起得來。兩個人遛也比較有效率啊。」

沒想到他是真心想幫忙，蔡以坤心裡一暖，突然有種想多摸他幾下的衝動，可他抓緊棉被，忍住掌心對柔軟髮絲的渴望。「那我五點四十叫你。」

雖然時間還是很可怕，但簡俊儀突然覺得自己有了目標，充滿幹勁地回：「好！快點睡吧！」

✧

秋日的陽光畢竟比夏日遲，簡俊儀不但沒有如他預料地被不遮光窗簾亮醒，外頭的雨甚至都還沒停。穿上雨衣的他臭著一張臉，卻只能在心裡罵罵咧咧，誰叫自己雞婆，硬要幫忙遛狗。

「我記得你有個姊姊還是妹妹？」

「妹妹。」蔡以坤左右手各牽一條中大型犬，在出門前按下手機，計時二十分鐘。

「她不用幫忙這些嗎？」

沒想到他竟然是要問這個，蔡以坤笑了，「她剛去日本留學了，我媽也答應要縮減中途狗的數量。」

簡俊儀忙著用身體把邊跑邊彼此吠叫的兩條小型犬分開，疑惑問道：「為什麼你媽要當狗狗中途啊？而且我看都是你在做，你沒意見？」

「我奶奶有些迷信，說做餐廳的特別要積陰德，我媽也還算信這個吧……比起其他動物，狗可以關狗籠，只要帶出門遛狗上廁所，偶爾洗個澡，算是好照顧的了。」

簡俊儀難以想像他「好照顧」的標準到底是什麼，畢竟自己什麼都沒養過。不過不分晴雨都要帶出門二十到三十分鐘紓壓、確保運動量，還要負擔食物費用，清潔就算自己來，還有水費人力啊！更別說他可是有付工讀生薪水的，這些加一加，十幾條狗真的不便宜。

「沒有考慮完全不做嗎？」

「照顧他們對我來說不麻煩，不過要是這個社會上不需要中途了，也是好事一件。」

「是喔……」說到這裡，簡俊儀也沒力氣繼續問下去了，閉嘴遛狗。

早上太早起，怕自己回了家睡下去就不省人事，簡俊儀決定和蔡以坤一起離開餐廳，去學校圖書館補眠。為了不讓自己睡過頭，他調了九點半的鬧鐘，打算醒來後買個早餐拿去教室吃。

嗶嗶！嗶嗶！

鬧鐘的聲音很小，但在安靜的圖書館裡還是很明顯。他閉著眼睛摸索桌面，卻突然摸到一隻人手，嚇得他突然跳起來。

「哇！」

「嚇到你了？」張璿惠略帶歉意，將放在桌上，裝著早餐的塑膠袋推過去，「我只是想幫你把鬧鐘按掉。」

看她一臉抱歉，簡俊儀抓抓頭。自從知道星盤有問題後，他推了無數次她的邀約，現在再碰到這位前天菜，著實有些尷尬，「妳怎麼知道我在這裡？」

吃了多次閉門羹後，張璿惠再笨也知道對方不想見自己，可是有些事還是需要給人家一個解釋，不然自己心裡總覺得過不去。

早上圖書館人不多，特地來睡覺的更少，難怪她能夠順利找到自己。不過簡俊儀突然有陣火氣，沉下臉問：「妳跟蔡以坤很熟？」

他之前總是笑臉迎人，拒絕人也是禮禮貌貌的，張璿惠被他的突然變臉嚇到，不知道他幹嘛這麼不開心，「他是我表哥，算熟吧？」

謎底就這麼突然解開，簡俊儀愣了幾秒，連呼吸都忘了，而後才嘆了長長一口氣。「我還在想妳出生時間哪來的呢……妳幹嘛問表哥的啊，妳阿姨都不覺得奇怪嗎？」

沒想到他比想像中還要更在意這件事，張璿惠更加抱歉，「其實是我自己翻的啦。我外婆比較迷信，大家的出生證明都收在她那裡，我也是去打掃的時候找到的，想說可以當案例，看看你說得準不準……真的很抱歉騙了你！」

一天內聽到兩次蔡以坤奶奶的迷信事蹟，還看她雙手合十，認真地跟自己道歉，簡俊儀氣也氣不起來，無奈問道：「妳之前一直想約我，就是為了這件事？既然根本不存在什麼喜歡的人，幹嘛要來找我？」

張璿惠還是那個姿勢，「——其實是有的，不過要拜託你保密！」

簡俊儀無言。早知如此，幹嘛要把事情弄得那麼複雜？第一時間說出正確的資訊不就得了？如此聰明反被聰明誤，總覺得有點熟悉——

「妳處女座？第二個出生時間是妳的？」

「是！你太強了吧！」

看她眼睛亮晶晶地看著自己，簡俊儀長嘆一口氣，說：「妳不只是來送早餐的吧？」

「嗯，中午還想請你吃飯。」

「然後再請我看星盤？」

「對。你想吃什麼？」

簡俊儀想了想，張璿惠會這麼重視這件事，對對方應該是認真的，自己依舊沒戲。不過事已至此，不吃白不吃，「就上次那間義大利麵店吧。」

「好，我馬上預約。」

看她果斷拿出手機敲敲打打，簡俊儀疑惑道：「那間店應該還沒開吧？妳用 Line 預約？」

張璿惠笑著回道：「那間店是劉伯的兒子媳婦開的，蔡以坤有時候還會幫他們送料。」

沒想到還有這個緣故，簡俊儀瞪大眼，腦中瞬間把所有事情都接起來了！難怪上次店員會把他塞來自己這桌！因為在他看來這桌人全都認識啊！還有張璿惠看到蔡以坤後那個反應，原來不是害羞，而是心虛啊！

「……妳還真是把表哥賣了個徹底啊。」

拿出塑膠袋裡的早餐檢查了一下，飯糰是自己喜歡的鮪魚飯糰，油條還增量，豆漿則是黑豆漿，簡俊儀露出微笑。

「這是蔡以坤買的。」張璿惠趕緊澄清。

「我知道，他記性很好的。」

簡俊儀揹起包包，迫不及待地離開圖書館出去吃早餐了。留下張璿惠坐在原位，思索他最後那抹開心到快飛起的笑容。

✧

中午時分，餐廳人滿為患。最裡面靠近廚房的雙人位上，兩人點好餐後，簡俊儀拿出手機，單刀直入地問：「好啦，給我那個人的出生年月日跟時間。」

「我不知道。」張璿惠果斷回答。

「啊？」簡俊儀總覺得自己被耍了。這女人太怪了！從一見面就把自己耍得團團轉！

看他面色不善，張璿惠趕緊補充：「你早就有那個人的星盤了。」

簡俊儀聞言皺眉。來找自己的大多是女性，少數幾個男的若不是她們的男朋友，就是李承慶這種交友情況一目了然的好朋友，一時之間他還真的想不到到底是誰有這等豔福。

「誰啊？」

張璿惠低下頭，「……林依婷。」

被她的話震撼到幾乎要停止呼吸，好不容易緩過氣，簡俊儀完全忘記控制音量！

「妳是同——」

「噓！」

簡俊儀雙手摀嘴，活像個聽到八卦的姐妹淘，小聲地問：「真的假的？」

張璿惠白了他一眼，「我不知道自己是不是，但我喜歡她，可以嗎？」

「可以可以當然可以！我沒算過這種的哎！」興沖沖地打開林依婷的星盤後，簡俊儀卻突然有點遲疑，「可是……她應該是直的吧？不用看星盤也知道她超直。」

張璿惠抿了抿唇，輕聲道：「我知道。但我還是希望，她能夠也喜歡我到不介意性別。」

這真的太難了，簡俊儀看也不是，不看也不是。「妳怎麼知道自己對她的喜歡不是朋友的喜歡？有的時候太要好也會產生錯覺啦。」

「有人會從愛情的正面察覺，我卻是因為她開始跟我分享和男友親密接觸的細節之後，才覺得無法忍受。」

唔啊～原來是這樣啊～那還真是令人難以忍受啊～

「好好好，剩下的不用說了，我不想知道得太仔細。」簡俊儀露出有些害怕的表情對她猛搖手，「也可能妳只是有點怕聽這些啊，或是感覺朋友被搶走？」

張璿惠看他一臉孬樣，有點無言，「你是不是沒有喜歡過人？」

簡俊儀馬上跳起來，「喂，不要太瞧不起人好嗎？」

「你有喜歡到即使知道沒有希望，還是沒辦法放下、沒辦法死心？」

張璿惠的表情很認真，認真到甚至帶著點聖潔的神情打動了他。餐廳裡人聲鼎沸，簡俊儀卻突然覺得自己可以聽到她說話的每個氣音，那是總對重要事情輕鬆以對的自己不可能有的神情。

「……妳想太多了，談戀愛不就是為了快樂？如果她讓妳這麼痛苦，不如考慮考慮我？」

被他最後的打趣逗笑，張璿惠白了他一眼，「你對我沒那個意思就不要開玩笑。」

「喂，不要亂說！我之前想追妳，妳沒看出來嗎？」

張璿惠兩手一攤，「沒看出來。你根本誰都想追追看吧，這叫亂槍打鳥。聽說有個設計系的女生看上你了，說你多紳士多體貼，然後你就開始躲人家，連還錢都叫人家用轉帳的。」

說起那個夜衝衝到機車拋錨的女生，簡俊儀百口莫辯，「那不一樣——」

話還沒說完，菜終於上了。張璿惠毫不猶豫地拿起叉子，簡俊儀也只能低頭吃麵，同時尋思該怎麼開導她這個月亮天蠍的強勢女子。

「你不用想了。我超會玩躲避球，要是你真心喜歡我，我逃都來不及了。」

簡俊儀嚇了一跳，不得不承認她的確很敏銳，但還是不服輸地問：「那妳覺得喜歡妳的人看起來怎樣？」

張瓊惠皺眉想了想，「我也說不上來……就感覺怪怪的，一直湊過來。」

簡俊儀清了清喉嚨，小聲問：「那妳有沒有想過，有人是因為怕被拒絕才沒湊過去？」

張瓊惠回得很順：「代表他覺得自尊比我更重要啊，那種的沒兩天就會放棄了。」

聞言後簡俊儀雙手按住胸口，露出一臉受傷的表情。

救命啊，處女座的理性毒舌，加上月天蠍的洞察力，還有上升牡羊的敢說敢言，結合起來竟然是這種極品！

「妳說得……很對……」

「要是碰上那種沉浸在自己世界裡的，事情就會變得很可怕。跟你交朋友應該很少有不喜歡你的吧。」

想起昨天故意找碴的學長，簡俊儀苦笑，「也很難說……就算好到會一起出去玩，還是有處不來的人。」

張瓊惠柔軟小巧的嘴唇一開一闔，吐出來的話語卻像機關槍一樣把簡俊儀射成蜂窩，「會討厭你的一開始就不是你的朋友，討厭你的人通常是覺得你過太爽、自我感覺不良好才找你麻煩。」

沒想到少了林依婷在場，她的話會這麼多！再次被擊沉，簡俊儀只能舉雙手投降，「妳比我還鐵口直斷是怎樣啊！我不會付錢給妳的喔！」

張璿惠指指他的手機，對他眨眨眼，「你不用告訴我她的出生時間，只要幫我看她的星盤有什麼需要注意的地方就可以了。」

「……這樣我真的算有幫忙保密嗎？」

「有啊有啊。」

水星人的道德觀念還真是不能指望，不過誰叫自己也是呢！簡俊儀苦笑著打開林依婷的命盤，「先說喔，我不是專業的，妳就當參考用喔。」

「你上次就說過了，我不在意。」

兩人吃了頓分外充實的午餐，結帳後肩並肩地走出店外。

「你剛才說的那個什麼變動星座我會去查一下，今天謝謝你了。」

一頓飯下來，簡俊儀覺得她吸收得很快，距離下次約會應該不遠了，「下次換妳找店請客，不要再挑和蔡以坤有關的餐廳了。」

「為什麼？」

「妳是他表妹，要是被他誤會我們有什麼可就麻煩了。他現在可是我的『小老闆』哎，怕他公報私仇。」

張璿惠忍不住又翻了個白眼，「他又不是我親哥，才不會管這麼多。」

「是喔。」簡俊儀是獨生子，跟堂表兄弟姊妹每年也只有過年才匆匆見一面，不太明白其他人的想法。

「找不到員工是他要煩惱才對，你幹嘛這麼在意他怎麼想？」

簡俊儀也說不上來，走了一段路才吶吶地說：「他人不錯啊，對我也很好……」

張璿惠狐疑地看向他，總覺得從早上到現在，只要說到蔡以坤他都怪怪的。該不會那個表哥又因為外表造孽了吧？可是不至於吧，簡俊儀這麼想交女朋友……

「簡俊儀，你的理想型是怎樣？」

即使知道沒戲，在有點意思的女生面前，簡俊儀還是有點猶豫，「就……聰明啊，氣質型的，然後不要胖，又很有想法……」

「喔。」

認真回答完，對方竟然是這種反應，簡俊儀有些惱羞成怒，「怎樣啦！想說什麼就說啊！」

張璿惠安撫道：「沒啦，就想幫你留意一下，別那麼敏感。」

沒想到她人這麼好，簡俊儀有些受寵若驚，「真假？」

「對啦。就當之前的賠罪。」

久聞處女座的雞婆……呃，應該說是熱心，簡俊儀感動得差點沒痛哭流涕，「一言為定喔！」

看他一臉三八，張璿惠忍住翻白眼的衝動，回了個敷衍的「好」。

「拜拜！」小珊揹上背包，對站在櫃檯前擺盤的簡俊儀道別。

「拜拜～」

看他回以大大的笑容，小珊不禁停下腳步，「你今天怎麼心情這麼好？」

「有嗎？」

笑成那樣當別人瞎了啊？她肯定道：「超！級！」

煩的是簡俊儀只顧著自己偷樂，並沒有要分享的意思，還是那張快樂到不行的臉，對她揮揮手，「好啦，拜拜啦，小心上課遲到。」

話才剛說完，蔡以坤就端著晚餐出來，一盤盤放到櫃檯內側，擺好後又回到廚房幫忙。和員工餐菜色不同，又明顯不是店內菜單上的東西，吸引了她的注意。

「哇！好香喔！」

蒜泥白肉、清蒸白肉魚、紅燒牛腩、炒空心菜、花膠雞湯，外表看似一般的家常菜，但除了青菜外幾乎全是主菜，散發讓人口水直流的香氣。

小珊一臉羨慕地看著，簡俊儀的嘴角簡直要咧到耳根，腳步輕快地去送餐。待他回來後，看小珊還站在原地，深情款款地看著自己的晚餐，突然有了強烈的危機感！

「去去去！這是我的晚餐！」

小珊一臉可憐地問：「分我一塊牛腩好不好？我肚子好餓。」

向來憐香惜玉的簡俊儀看她如此楚楚可憐，卻依然郎心如鐵，護住了自己的晚餐，「想得美！餓就快去買晚餐啊！中班還想搶我晚班的飯！」

「中班才沒有這麼豪華呢！為什麼學長你吃這麼好……」

簡俊儀還在想該拿什麼說法敷衍她，蔡以坤就從廚房裡走出來，從送餐口探出頭，湊在他耳邊悄聲道：「不可以讓別人知道。」

他的氣息吹在耳邊，柔軟的嘴唇甚至不小心碰到了簡俊儀的耳垂，一股異樣的電流立即竄過他全身，整張臉瞬間紅了。

「……妳再不走就要遲到了！快走啦！」

看他鐵了心不分自己一口，小珊垂頭喪氣地走了，臨走前還一步三回頭，看向還在嘀嘀咕咕的小老闆和簡俊儀。

「你不說我也知道好嗎！」簡俊儀紅著臉小聲抱怨。

「快點吃，少廢話。」蔡以坤走出廚房，端著餐點去送餐。帶著髒碗盤回來的時候，只見他吃得頭都抬不起來，不禁默默微笑。

進去廚房又忙了一輪後，他替自己添了碗白飯，回到櫃檯對簡俊儀說：「你點太多肉了。」

「我喜歡吃肉啊！而且我從來沒吃過這麼好吃的！」簡俊儀吃得痛哭流涕，邊吃邊回。

蒜泥白肉半點腥味也沒有，醬汁還帶著一點點的麻，入口後香氣濃郁，吞下後嘴裡卻沒有殘留蒜味！白肉魚油脂豐厚，香甜軟嫩，入口即化，湯汁拿來拌飯他能吃個十碗！而紅燒牛腩選擇的部位肥瘦筋均衡，口感豐富，各種辛香料的味道都很平均，燉煮入味卻不會太鹹，更厲害的是紅白蘿蔔甜軟微辣，光是吃蔬菜就能身心靈獲得滿足，是他從未有過的經驗！

他從有記憶以來從來沒有吃得這麼像個餓死鬼，深怕自己未來沒辦法面對學餐或自助餐。

「哪有這麼誇張。」說的話像是嫌棄他的浮誇，語氣卻很柔和，連蔡以坤都很少聽到自己這麼柔軟的聲線。

「你完全可以開餐廳了！啊你現在就在開齁……」簡俊儀一臉滿足地看向他，眼底是滿滿的崇拜和滿足，「你在哪裡學的啊？劉伯嗎？」

蔡以坤眼神一暗，拿起筷子就夾了一大塊魚，嚇得簡俊儀驚聲尖叫，趕緊低頭繼續吃！

看他繼續狼吞虎嚥，蔡以坤覺得自己掌心癢癢的，突然有種好想要摸他的感覺，可這股衝動實在太莫名其妙了，只能默默隱忍下來。

看他真的只吃了口魚，簡俊儀終於良心發現，「別看我了，青菜分你啦。」

夾了口還沒有動過的青菜，蔡以坤自覺味道不差，問：「不好吃嗎？」

被他這麼一說，簡俊儀才夾了口青菜，然後點點頭說了聲「好吃」，又回去把蒜泥白肉掃光。

蔡以坤不挑食，青菜配飯很快就吃完了。才剛添了碗花膠雞湯，廚房裡面就冒出了一個空碗。

「劉伯你不要跟我搶！」

蔡以坤是做菜的人，簡俊儀可以不計較，但其他人可就不行了！

看他呲牙裂嘴地護食，劉伯老神在在地接過蔡以坤遞來的湯，輕飄飄地丟下一句：「小老闆用了這麼久廚房，收點過路費是應該的。」

簡俊儀沉浸在山珍海味與被特殊對待的喜悅裡，的確沒有想過蔡以坤的辛苦，聞言後吶吶地問：「……你做了多久？」

「醃肉、燉肉、煲湯本來就需要點時間。」

父母忙於工作，簡俊儀大多便當店、超商解決，這次的菜單大部分是選自和父母去參加聚餐或婚宴時吃到的、覺得合胃口的菜，完全不知道自己替人添了多少麻煩。誰叫蔡以坤聽完後只問他不喜歡吃什麼佐料，一口全答應了。

「你幹嘛對我這麼好……」

看他突然委靡地低下頭，蔡以坤還是忍不住伸出魔爪，揉了揉他的頭，「雖然你遲到、忘記打卡不太好，不過你來之後真的幫了不少忙，之前還讓你碰到奧客，怕你不想做了。」

「我沒再忘了啦！而且那種程度還不至於嚇到我好嗎！」簡俊儀凶狠地吃了一塊牛腩，大有把它當奧客咬的氣勢。

「不過遲到問題還有改進空間。」

「煩哎，我乾脆住餐廳算了。」

「可以啊。」

沒想到隨口說的幹話會得到這樣的回應，簡俊儀回想上次過夜他對自己的放置 Play，不禁有些懷疑，「你不會嫌我煩喔？」

蔡以坤笑了，他該死的臉龐又變得更帥了！

「你的表情豐富，很好玩，不會無聊。」

簡俊儀瞪了他一眼！

「你把我當玩具啊？」

「不喜歡嗎？」

從來只有簡俊儀虧妹，沒有人虧過簡俊儀的！他從來沒有想過自己會喜歡這套，「——你這種話留著撩妹啦！」

「會有女生喜歡被這樣說嗎？」

蔡以坤是真心感到疑惑。男女平權的今天，這種話說出來不會被告嗎？

「會啦！」

「……你喜歡？」

「不喜歡！」

「那你怎麼知道女生會喜歡？你有跟別人這樣說過？」

總覺得他的表情突然變得好冷酷，簡俊儀敗下陣來，「沒有啦，我猜的啦！」

蔡以坤又摸了摸他的頭，「別東想西想的。」

叫雙子座不東想西想？重新投胎還比較快！簡俊儀白了他一眼後低頭喝湯，然後才喝了一口，他就忍不住想流淚了——

這是人間可以喝到的味道嗎?!自己絕對不可以離職啊！

第四章

Chapter. 4

適逢適合開趴的萬聖節，偌大的餐廳裡被包場的客人布置了滿滿的黑紗與南瓜，桌子全併成了三張大桌。雖然實際來的客人沒有坐滿，但他們願意付包場費，蔡以坤也樂得輕鬆，乾脆在出餐後來個全員大掃除。

簡俊儀負責外場，劉伯和蔡以坤負責內場，老闆娘帶著小珊和琪琪擦、洗、消毒櫥櫃，清點器材數量。

包場的單位是一間高級雙語幼稚園，除了老師和小朋友以外，方便出席的家長也打扮成女巫或吸血鬼增加氣氛。從他們的對話聽起來，下午已經在市區要了一陣子糖果了，一進門就喊口渴，簡俊儀忙著補上飲料，速度快到飛起。

「好好喔，我小時候都沒有這些活動……」小珊整個人都趴進櫥櫃裡了，消毒水的味道充斥了狹小的空間。

「我幼稚園也扮成公主去要過糖果，但沒有像現在小孩這麼豪華就是了……」

聽琪琪這麼回，回吧檯補紅茶的簡俊儀心想城鄉差距真不是蓋的。

「小老闆小時候也過過萬聖節嗎？」

聽小珊這麼問，老闆娘想了想，「有嗎？可能有吧？太久以前了，我記不得了。」

小時候的扮裝活動只可能是大人幫忙準備，老闆娘連個印象都沒有，可見是沒有吧。簡俊儀現在越來越同情蔡以坤了，要是自己爸媽連這些都沒印象，自己一定會氣到跳起來。

沒想到送完茶水回來，就聽到蔡以坤的聲音：「以嘉的女巫服還是我用黑色垃圾袋做的，我還幫她擦黑色指甲油，妳忘了？」

老闆娘毫無誠意地揮揮手，「餐廳忙得要死，哪有空管這些。垃圾袋很好啊，便宜快速。」

小珊又開口了，「小老闆你對你妹真好！你們差幾歲啊？」

「一歲。」

此話一出，所有人都沉默了，眼前浮現幼稚園小男孩拿著剪刀、膠帶在幫妹妹做衣服的畫面。

察覺到空氣中隱含指責的沉默，老闆娘依舊沒放在心上，雲淡風輕地問：「既然你們年輕人這麼喜歡過節，今天有沒有什麼活動啊？」

這個話題大家都搭不上，於是簡俊儀　邊擺盤一邊自首，「晚點朋友會來載我去夜店的萬聖趴。」

「年輕人就該這樣！要是你朋友到了，提早走也沒問題！」老闆娘笑著拍拍他的肩，接著話鋒一轉，「要是能帶上以坤就更好了。」

「還要恢復場地，妳別想太多。」蔡以坤不想聽老媽急著把自己「嫁」出去的碎碎念，腳底抹油出去送餐了。

要送的餐被拿走了，簡俊儀看著空空的檯面，對著老闆娘傻笑。

外面活動進行得很順利，上完甜點後，年輕人都聚在後場清潔、消毒餐具了。收完最後一輪，簡俊儀突然被老闆娘叫住。

「你可以幫我看一下嗎？」

簡俊儀非常震驚，萬萬沒想到自己的業務竟然能拓展到熟女行列了！

「看星盤？」

老闆娘瞇起眼，把桌面上的香料罐交給他，「看最底下那行寫什麼？」

原來是老花啊……

他拿著奇異筆一一將賞味期限寫在蓋子上，寫完後就到後場幫忙。

後場劉伯在準備甜點，另一側快速爐上正煮著一大鍋滾水，琪琪和小珊站在大鍋旁，一個負責將盤子放入鍋裡，一個負責將燙過的盤子撈起來。

「小老闆呢？」

「他去餵狗。」琪琪回。

在琪琪旁邊的小珊左顧右盼了一下，小聲問：「你可以幫我看一下嗎？」

「妳還年輕，沒老花吧？」簡俊儀還在喝水，差點沒被嗆到。

小珊一臉疑惑，不知道他怎麼想到那裡的，「星盤啦，你什麼表情。」

原來如此啊……

「妳自己不就會看？」

「其實我也是最近才開始研究的……而且不同人會有不同見解嘛。」

她說的有道理，簡俊儀問：「那另一個人的呢？」

琪琪猛地抬起頭來，一臉不敢相信，「妳有喜歡的人囉？」

「咦、我——」要是在平常，她可以很好地瞞混過去，但在兩人的灼灼目光下，最後還是屈服了，「……也不是喜歡，只是有點在意……」

「哇！恭喜哎！」琪琪的表情比小珊還要開心，大概有什麼女生間才知道的祕密吧。

簡俊儀站在一旁，也默默露出微笑。

「那對方的生日妳知道嗎？」

說都說了，小珊羞澀地回：「我只知道是一月十二號的下午……」

簡俊儀心裡咯噔一下，一時之間竟呼吸不上來，緩了緩才問：「哪一年啊？」

她還沉浸在自己的情緒裡，羞澀地說：「……你也認識啊，還要我說得這麼明白。」

琪琪從高中開始就在這裡打工，和蔡以坤共事很久了，嘆了口氣說：「換個人吧。小老闆沒有心思談戀愛。」

「為什麼？」小珊和簡俊儀異口同聲問道。

沒想到兩人都瞪大眼，琪琪總覺得哪裡怪怪的，狐疑地問：「幹嘛這麼激動？」

「老闆娘耳提面命要我帶他出去交女朋友，這樣不就吹了嘛！」簡俊儀急中生智，拿老闆娘出來擋。

「喔……」琪琪的表情明顯不信，但一時也想不到要說什麼。

「你們在聊什麼？盤子好了就換碗。」

三人聊得太投入，連蔡以坤回來了都沒發現。被他一說，才手忙腳亂地拿出還沒消毒的餐具丟進滾水裡。

畢竟是老員工了，琪琪打圓場，「我們在聊星座啦。」

蔡以坤實在很難想像她會如此迷信，「沒想到妳對星座有興趣。」

平常活潑的小珊和多話的簡俊儀完全不說話，琪琪只能硬著頭皮上陣，「其實也還好啦。不過比起完全沒有資訊，能推斷出一些還是比較安心吧。」

「即使不見得準確？」

「聊勝於無……對吧？」

蔡以坤繼續問：「如果星座說對方喜歡的類型和妳個性相反呢？妳要遷就對方嗎？」

看兩人還是不接話，琪琪只能繼續孤軍奮戰，「不知道哎，真的碰到再說囉。當作聊天話題也可以啊。」

「例如？」蔡以坤是真的想知道怎麼開啟這方面的話題。

琪琪瞥了小珊一眼，回道：「像小珊是天秤，小老闆你是魔羯，兩個都是開創星座，應該很合吧？」

妳這不是很懂嗎！簡俊儀和小珊同時轉頭看向她！

蔡以坤皺眉，「不是什麼金木水火土嗎？」

「那是中國的五行……」簡俊儀終於回魂吐槽。

「看來要拿星座當話題，必須先具備相關知識呢。」蔡以坤對這完全不感興趣，既然實用度不高，也沒興趣鑽研。

小珊一臉欲言又止，「也不是——」

她還沒說完，簡俊儀就插嘴：「就是說啊！啊，我同學來了，我可以讓他進來等嗎？」說到正事，蔡以坤果然馬上恢復狀態，「你問他吃不吃香蒜吐司邊配濃湯，這些都還有。」

簡俊儀回了聲「好」，就衝出廚房。

「你那是什麼死人臉？提前化妝？可是你衣服怎麼還沒換？」近朱者赤，近墨者黑，李承慶也變得毒舌了。為了省過夜的停車費，兩人打算共騎一輛機車過去。遞過一頂安全帽，看他沒打算接過，李承慶從車上下來，並立起中柱。

「媽的閉嘴啦。我很煩。」

「是，你超煩。幾點可以出發？」

「再半小時……今天有人包場，不過蔡以坤說你可以進去邊邊等。」

李承慶每次和蔡以坤相遇都只是匆匆一瞥，男生看男生大概也只會約略記個人形，聽他這麼說，突然有些好奇這個朋友總掛在嘴上的帥哥店長到底有多帥。

悄悄走進店內，李承慶被安排到最角落，沒過多久，簡俊儀就一臉無奈地和老闆娘一起過來了。

「同學，吃吃看我們的香蒜吐司邊和南瓜濃湯。」隨著冰紅茶一起上桌的是一疊彷彿枯黃手指般的吐司邊，南瓜濃湯配合主題，甚至加入了剪成蝙蝠形狀的黑木耳。

李承慶受寵若驚，對老闆娘陪笑道謝，「謝謝！我只是來等簡俊儀下班的……」

「哎喲，不用客氣啦。覺得好吃的話，我們這裡的員工餐也很受歡迎喔。」

李承慶看簡俊儀一臉安詳，心想難怪他會是這種表情，「我已經有打工了，可能沒辦法來。」

「我也只是隨意一提嘛。對了，看你長那麼帥，應該很常出去玩吧？」老闆娘壓低音量，「等等我叫我兒子來交個朋友，下次有什麼好玩的也帶上他。」

都已經是大學生了！交朋友還要用叫的嗎！

李承慶表情僵硬地點點頭，沒過多久，簡俊儀和蔡以坤就坐在他對面了。

雙方簡單自我介紹後，氣氛就陷入僵持。

「你們不是在打工嗎？」仔細看，蔡以坤的確很帥，可他一來，氣溫都低了兩度，弄得李承慶都沒心情喝湯了。難得這南瓜湯還滿好喝的。

「老闆娘命令。」簡俊儀超討厭沉悶的空氣，試著戳戳蔡以坤，然後被指尖反彈的肌膚觸感弄得心煩意亂，「你今天晚上要不要跟我們一起去夜店？」

蔡以坤的表情很是禮貌，可說出來的話依然冷硬，「不用了，你們去吧。」

李承慶天性愛熱鬧，也很會交朋友，看他一臉矜持，便自來熟地說：「兄弟，你放心，店我們挑過，妹很正，酒也不貴，旁邊商旅已經訂好房，可以過夜，不會危險酒駕的。而且要是搭訕到了，我們會去旁邊另外開房的，絕對不壞你的好事——」

「謝謝，真的不用。」蔡以坤苦笑，「我的生活重心不在人際關係上，也沒有多餘的時間、心力可以分給女朋友，與其事後被抱怨，不如單身。」

兩個以交女朋友為大學生活最終目標的同學，齊齊倒抽了一口氣。

的確，他們從沒想過交往之後的事，總覺得追到了之後再走一步算一步，要是不合，分手就是。

「……媽的，被你說得我還沒找到女朋友就要分手了。」李承慶笑嘆，無奈地看向簡俊儀，「你還去不去？」

簡俊儀早就習慣蔡以坤的刺客型發言，不過今天實在遭受太多震撼了，一時反應不過來，顯得有些呆呆的，「喔……可是我衣服都準備好了哎。」

蔡以坤揉了揉他的頭髮，又順手捏了捏他柔軟有彈性的耳殼，「我說的是我自己，你想去就快去吧。」

李承慶原本只是坐在那邊看，想到學長之前惹出的慘案，看蔡以坤要伸手蹂躪好友的頭髮，差點以為慘劇要發生了——沒想到他只是一臉呆滯地被摸來摸去，突然覺得有哪裡怪怪的。

嗯！算了！能早點出發也好！

能不多想就不多想向來是李承慶的優點。他站起身，將濃湯點心一口氣吃光，接著用力指向簡俊儀！

「簡俊儀快去拿包包！敢讓我等，油錢就你出！」

昏暗的夜店內音樂震耳欲聾，雖然有分成吸菸席與禁菸席，可對不抽菸的人來說，還是可以馬上分辨出氣味的不同。淡淡的燃燒氣味與廉價酒精混雜，加上香水、汗水、體香劑，形成一種難以言喻的悶。

閃爍的燈光下，仙子、小惡魔和疤痕護士的眼影在舞池裡閃閃發光，狼人、吸血鬼和螢光骷髏則在一旁虎視眈眈。

站在更角落的，通常是第一次參與的男女，穿著過於保守的衣著和文不對題的服飾，遠遠看著在舞池中扭動身體的自我陶醉者。

換上黑色襯衫的簡俊儀靠在吧檯邊喝酒，燈光照射下，上頭印著的螢光骷髏骨架若隱若現，既神祕，又沒有同齡人的幼稚俗氣。

這間店的年齡層不高，酒也不是什麼好酒，可裝潢很有氣氛，音樂也好聽、好跳舞，吸引不少愛玩的帥哥正妹光顧。

不過上個廁所回來，李承慶就發現簡俊儀調酒的顏色又變了，忍不住對著他吼：「喂！你第幾杯啦？」

「我知道自己的量。」簡俊儀剛成年的的時候跑過一陣子夜店，對這種廉價酒精有了抗體，加上遺傳自老媽的好酒量，向來只有他扶別人的份。

「你是來把妹的，不是來喝酒的！」廁所排隊排到天邊，李承慶來不及點酒，順手把他那杯喝了。

「你管我！」簡俊儀搶過空杯，走了好久，才到拿飲料隊伍的最尾端。

「愛排就排吧！我要威士忌可樂！」

音樂震天響，簡俊儀朝他比了根中指，表示聽到了，就看他屁顛屁顛地朝舞池衝去。

有時候簡俊儀真羨慕他的無憂無慮。雖說人笨煩惱少，但更多的時候他挺慶幸有這種直率的朋友，讓自己沒那麼焦慮！

看他在舞池裡大開大闔、和女生眉來眼去的拙樣，不知不覺就輪到自己了。點了威士忌可樂和螺絲起子後，他移動到旁邊等酒。

就這麼一瞬間，音樂換成比較沒那麼電音的歌曲，燈光也變得明亮不少，身旁的聲音和畫面就這麼闖入。

「長島冰茶吧！我不敢喝太烈……」

簡俊儀皺眉，想看看到底是哪個傻妹，卻冷不防跟她對上眼。

是那個出賣自己機車祕密拋錨的那個妹！

「她點 Gin Tonic！」

雖然曾經被她出賣，但簡俊儀可沒那麼壞心腸，趕緊幫她選了款這間店最水的調酒。

「簡俊儀……！」她穿著細肩帶小可愛和短褲，萬聖節元素只有印上刀疤和縫線的絲襪，還有頭上的惡魔角——當然，不算上她那頭獨角獸紫的長髮的話。要素過多，叫人不知道該看哪裡。

「……曉婷，嗨！妳自己一個人來？」終於想起她名字的瞬間，簡俊儀覺得自己簡直是個天才！

「聽說夜店很危險，所以我跟室友一起來的。不過音樂太大，裡面又太暗，已經找不到人了。」

簡俊儀無言了。就算揪了人又怎樣，沒在彼此視線範圍內，朋友被打一頓都不知道。反正今晚看誰都不順眼，乾脆當保母，帶她找室友算了。音樂轉大，簡俊儀接過酒，在她耳邊大吼：「妳還記得妳朋友說要去哪嗎？」

「一個好像去廁所，一個說要點酒，但我沒找到她。還有一個在找置物櫃，應該晚點才會進來。」

完美。簡俊儀閉眼，真服了這些沒做功課的人。

「那我先陪妳去廁所那邊找。」

「好！」

夜店越晚人潮越多，兩人三酒堵在路中央，進退不得，廁所、吧檯、舞臺和沙發全都遠到令人絕望，只能輪流在對方耳邊大吼聊天，活像老年重聽。

「幹嘛那麼客氣！轉給我一千！」

「那不是你借我的錢嗎？」

「妳要搭計程車是因為我的車拋錨啊！」

「你還要花錢修機車啊！」

這女的有這麼上道喔？簡俊儀對她的印象好了不少。

看他沒有回應，曉婷鼓起勇氣，拉住他的長袖襯衫袖口，「裡面有點悶，可以陪我到外面去嗎？」

簡俊儀怕她不習慣，真暈倒了，反正左右無事，就陪她走出店門。

凌晨時分，店家都關了，街上除了便利商店和路燈，什麼光源都沒有，與熱鬧的店內相比寂寥得可憐。離開熱氣蒸騰的室內，一陣秋風突然讓他清醒不少。

就這麼孤男寡女走在路上，是不是不太好啊？

穿著單薄的兩人乾站在夜店門口避風，少了隆隆樂聲烘托氣氛，瞬間陷入無話可說的沉默。

「妳要去便利商店買水嗎？」等了好久，簡俊儀才不得不開口。其實他半點也不想跟她一起去便利商店，其實他也不知道自己晚上不睡覺，待在這裡幹什麼。突然湧上的情緒讓他無所適從，只能看著便利商店刺眼的燈光眨眼。

「簡俊儀。」

簡俊儀不敢回頭看她，只因為她語氣中潛藏的決心，讓他的警報大響。

只可惜，警報聲終究只存在於他的腦內，其他人可聽不到。

「我們要不要交往看看？」

簡俊儀曾經無數次回想自己告白時的場景，到底怎樣才不會失敗，到底該怎麼做，別人才會喜歡上自己。可他從沒想過，要是自己被告白了，該怎麼回應。

到底該怎麼做，才不會讓人失望。

——失望？

自己不是一直想要女朋友嗎？為什麼以拒絕為前提在思考？

發現他僵在那裡，曉婷有些尷尬，加快的語速奇異地合上了簡俊儀的心跳節奏。

「我也只是問問，沒別的意思，因為你好像很想要交女朋友嘛，我也覺得有個男朋友不錯，你要是不行就直說，我也只是試著問問看而已——」

簡俊儀知道自己的表現一定很糟。

人家都鼓起勇氣告白了，自己卻像根木頭一樣，一點反應都沒有。對方的嘴唇上下開闔，他卻覺得好抽離，就像在看默劇一樣，聽不清也聽不懂，只有如雷的心跳充做配樂，這種感覺就像、簡直就像——

『代表他覺得自尊比我更重要啊。』

張璿惠的話突然在渾沌中，如同一道驚雷劈下，簡俊儀這才回過神。

總想著如何表現自我，將自己放在第一位，希望所有言行都能維持自己的體面，卻沒想到願意跨出步伐的人，才是最需要維持自尊的那個人。

「對不起。」

聽到他如同輕嘆的聲音後，女孩倏然閉上了嘴。

簡俊儀總覺得自己該說些什麼，可擅長的玩笑在這種時候可不適用，於是左顧右盼地說：「妳怎麼會看上我啦，妳明明值得更好的人啊。」

曉婷的眼神暗了下來，「這就是你的回答？」

都已經這樣自貶身價了，簡俊儀完全不知道該怎麼哄人。看他手足無措地盯著自己，曉婷對上他的視線，堅定地問：「你有喜歡的人？」

一瞬間，簡俊儀突然想起蔡以坤的手掌在自己頭臉上的觸感，是那麼得溫柔，那麼得流連忘返。簡直沒有邏輯可循，但他就是突然好想念他碰觸自己的感覺。

「你有那麼喜歡她？」

聽她的聲音都帶著哭腔了，簡俊儀才回過神來，用力揮手，「啊？沒有！我沒有喜歡的人！」

「那就試著跟我交往看看嘛！」

「這種事情哪能試啊！」

「多相處就會有感情了啊！」

她的拳頭砸在身上，簡俊儀卻感覺不到痛，反而乖乖任她打。放在平常，一個連名字都想不起來的人要敢這樣，自己絕對翻臉，但現在，她不是陌生人，她是一個勇於表達的戰士，自己能做的，只有溫柔地接住她——

也是為了當年的自己。

哭了好一會兒，曉婷也累了。她抓著簡俊儀的襯衫下襬，抽抽咽咽，「……你就是這點最爛了。」

簡俊儀哭笑不得，「喂喂喂，我人超好的好嗎。」

「所以才爛。」她深吸一口氣，放開了他，「連自己有喜歡的人都不知道，還放話說想交女朋友！」

「就說沒有了——」

「那剛剛你是想到誰？」

「不管想到誰，都不代表我喜歡他——」

曉婷不說話，摸出手機，對著他就開始錄影，「你形容一下你剛才想到的人。」

「喂！別鬧了！」簡俊儀撥開她的手，她卻馬上站得遠遠的，同時將鏡頭拉近。看她就要站到馬路上了，簡俊儀舉雙手投降，「妳別站到路中間。」

曉婷乖乖回到人行道，卻還在錄影，「那你就說，不用很具體，想到什麼就說什麼。」

簡俊儀被她逼得親手撥亂了自己打理半個小時的髮型，自暴自棄地對著鏡頭：「同學、同事、工作狂、成績很好、很會做菜、刺客型笑話、十項全能、很有責任感、看起來很冷淡，其實很溫柔……夠了沒！」

「夠了。」曉婷果斷地結束錄影，然後簡俊儀就感覺到口袋裡手機一震，「你自己回家看吧！」

她收得太快，簡俊儀愣了一下，才意識到這件事似乎結束了。「妳什麼星座的啊？」

「你問過，我也答過，忘了就算了。」知道他是真沒有把自己放在心上過，曉婷快步走回店裡。剛才激動時不覺得冷，現在倒是冷得徹骨了。

「喂！」

她嬌小的身影沒兩下就消失在擁擠的人群裡，徒留還在寒風中的簡俊儀。

✧

手機突然震了一下，蔡以坤趕緊擦乾手，拿出圍裙裡的手機。

原來是老媽。

他平常不會在上班上課時用手機，這幾天卻機不離身，只因為簡俊儀已經請假一個禮拜了。

『你的感冒好點沒？』

大前天發出的訊息到現在都未讀，蔡以坤不禁有點煩躁，有些後悔自己怎麼沒有加他朋友的連絡方式，不然就可以問問他的狀況了。

「偷用手機喔～」

「……」

小珊已經看他失魂落魄好幾天了，現在又公然在站櫃檯時用手機，實在太反常了，便大著膽子酸了他一句，卻看他臉色灰暗地放下手機。

「怎麼啦？你還好嗎？」

蔡以坤搖搖頭，將擺好盤的餐點往她的方向推。小珊看他面色不善，乖乖地去送餐了。

「兒子！幹嘛不回我訊息？」

老闆娘拎著大包小包進門。今天換她和兒子換班顧狗，特地把車子開來給他。本來想問他要不要吃水煎包當晚餐，誰知換了個已讀不回。現在人都走到了櫃檯，蔡以坤才回過神來幫忙。

到了後場，老闆娘狐疑地對著兒子左看看右看看，「傻啦？」

「……」蔡以坤轉頭就走。

身後老闆娘還在提醒：「別發呆了，上課開車小心點啊！」

別人的課表是盡量集中排，休假就能睡得安心一點，可蔡以坤的課表時間卻總是配合店裡缺人的時候來排。一週五天有四天都早八，晚上就排體育課、通識課。他沒有挑揀的習慣，也從來不覺得同儕抱怨很難過的課到底哪裡難，只是平實地度過每一天。

上完游泳課後，他撐起身子，從溫水游泳池中上岸，少見地產生了「難怪這學期選游泳課的人這麼少」的感想。

天氣的確是冷了不少，今晚要記得從家裡拿個葉片式電暖器來，免得冷到狗。簡俊儀的感冒該不會也是這樣來的吧？他穿得那麼單薄，還大晚上在街頭亂晃——

用力搖搖頭，他不知道自己怎麼了。

擔心同事應該很普通，但自己從未對其他人如此在意。可能他看似精明能幹，卻常在意想不到之處讓人操心吧？常常讓自己有種不能置之不理的強烈心情。

快速洗了個澡，他很快就離開淋浴間。在裝了整排吹風機的盥洗室外，他閉著眼吹頭髮和肩頸，讓身體快速回暖，沒想到一睜眼，就看到身邊各種窺探的目光，還男女不拘。

非常突然的，遠處傳來「喀嚓」的拍攝音。蔡以坤已經習慣了這種狀況，面無表情地甩上背包快步走人。

在必修課特多的大一，家裡有妹妹幫忙，排班沒那麼多，他也還不像如今這麼神出鬼沒，一個月就要被告白兩次，問對方喜歡自己哪裡，往往都答不出個所以然。

功課好？那怎麼比自己更好的同學至今單身？身材好？但欣賞這點的人往往並不注重自己的健康狀態。說到底，還是看外表。

他不是不知道其他人是怎麼看待自己，但如果可以，他更希望他們看到自己的努力與才能。

我是個活生生的人，不是外表符合大眾心意的人型娃娃。我的人生、我的目標，他們全都沒有興趣了解，單方面地加上自己的幻想，單方面地想要用他為自己的人生加分，怎麼可能如他們的願？激烈的反抗心之下，無論來者是男是女，他都一律拒絕。

是的，偶爾還會有一、兩位男性加入告白被拒的流水線。

即使沒有訴諸言語，但蔡以坤完全無法接受這種我行我素的群體，無論男女，光想就討厭。

頂著寒風快步跨越半個校園，他只想快點開車離開，卻在教學大樓的陰影處，看到兩道熟悉的身影。

是簡俊儀還有……張璿惠？

✧

「你還好吧？」張璿惠一臉嫌棄地看著垂著臉的簡俊儀。

「不好。」簡俊儀從右邊口袋掏出衛生紙，用力擤了擤，又從左邊口袋掏出垃圾裝了半滿的小塑膠袋，將水餃塞進去。

看他似乎滿嚴重的，張璿惠從書包裡掏出口罩戴上，防傳染兼保暖。「看醫生、吃藥了嗎？」

「看了，但沒心情吃藥。」

張璿惠本來只是看他狀況不好，稍微關心一下，聽到這裡眉頭一皺，「那就現在吃吧。」

「我沒吃晚餐。」

「那現在去吃晚餐，餐後吃藥。」張璿惠看他一臉假裝淡然的倔強，不禁生出了點莫名其妙的使命感，推著他朝通往夜市的校門口去。

「我沒胃口。」簡俊儀懨懨地讓她推。現在的他連求生意志都所剩無幾，巴不得病久一點，可以不用去打工。

張璿惠哪裡知道他頹廢的原因，只推著他往粥店去。

「你不吃什麼？」

「什麼都不想吃……」

張璿惠懶得跟他盧，直接點餐，「一碗寶寶粥、一碗大補粥！」

簡俊儀看她忙著擦桌子、拿分裝小碗，突然悲從中來。這裡不就有個好女人嗎？為什麼自己這麼難搞……

「喂，你還活著嗎？」去拿個碗回來就看到他眼眶泛淚，張璿惠有點怕他這是久病厭世了，不然哪會等個粥就哭？

簡俊儀回應般側過身狂擤鼻涕，張璿惠這才打消疑慮，側到另一邊滑手機邊等粥。

校版上多了幾則新貼文，她看到留言數不斷增加的「游泳課極品帥哥，不知道是哪個系的」貼文標題，在心裡「嘖」了一聲。果不其然，一點進去就是表哥在盥洗室外的連拍照片。也不知道是哪位攝影天才拍的，連模仿狗甩頭髮的動作看起來都像明星雜誌照。

放心啦，蔡以坤深居簡出，禍害不到幾位少女的。校版這種東西，估計他自己都沒點來開過——

『他真的超帥的！之前跟他同桌吃飯，教養很好，聽說還很照顧家裡！超完美的！』

輕鬆的心情卻在看到林依婷的留言後，瞬間沉到谷底。

「妳還好嗎？」

不知何時，簡俊儀的頭已經湊過來了。張璿惠收起手機，冷冷道：「比你好。」

突然被嗆了一句，簡俊儀有些摸不清頭緒，只能從剛才匆匆一瞥的留言內容猜測，「妳有那麼討厭蔡以坤喔？」

「是啊，什麼都好，當然討人厭。還有竟然是個帶把的，更討厭！」張璿惠嘴上說得不饒人，表情卻很落寞。

料想她說的應該只是違心之論，簡俊儀邊擤鼻涕邊說：「妳也很好啊，不用那麼在意他吧。」

張璿惠抬眼，鬼使神差地問：「別開玩笑了，你也喜歡他對吧？」

「啊?!」簡俊儀差點沒整個人跳起來，隨後作賊心虛地環顧店內另外兩桌客人。

他失常，張璿惠就恢復正常了。一雙漂亮的大眼睛直盯著他看，彷彿有看透人心的力量——

「這麼說來，他好像就是你喜歡的型吧？聰明有氣質，身材不錯又有想法。」

妳也記得太清楚了吧？妳是真打算要幫我找對象嗎？簡俊儀也不知道事情怎麼會變成這樣。自己病得要死，還要被人偵訊，而且一時半刻還走不了！

「不要亂說好嗎。」雖然心裡打定主意絕對不漏半點口風，可飄忽的聲音卻出賣了他。

對面張璿惠露出同情的表情，「他不談戀愛的，你知道嗎？你過不了和他一樣機器人般的生活啦，而且雙子座和摩羯座還不搭！」

她如此好言相勸，說得還合乎情理，簡俊儀卻半點也不想聽，只能把自己縮得更小，希望她不要注意到對面還坐著個大活人。

「我也知道不搭……」

他的聲音小，可張璿惠的耳朵好。不知道她從小到大因為這個同年生的表哥受了多少罪，繼續積極勸說，「那就別想了，我說了會幫你介紹。下一個會更好！」

「……但星座又不一定準！」

突然聽他這麼說，張璿惠嚇了一跳，「你不是很信星座嗎？連我都被你說服，開始研究了，現在才說這個？」

簡俊儀煩躁地抓了抓頭，莫名想起了那天下午，自己說的那聲「相信你」。

「相信」是要相信什麼？自己真的足夠認識他嗎？他有展現全部的自己嗎？那些從星盤中看到的蛛絲馬跡，他本人會有願意跟自己分享的一天嗎？

要是沒有他的星盤，自己會這麼仔細地觀察他嗎？

事到如今，到底哪些是自己真正感受到的、哪些是分析得來的，早就分不清楚了。

張璿惠看他連粥來了都沒發現，默默地替他盛了點粥到小碗裡放涼。

原來自己之前的直覺沒錯，這傢伙認真談起戀愛來，樣子真的完全不同。對任何事都輕鬆以對、抱持開放的態度，怎麼可能會用在真愛上？或許這就是他的自我保護機制吧。

發現自己喜歡上好朋友之後，她也煩惱了很久，對方的一舉一動、一言一行都能讓大腦過載，心情忽高忽低，累得半死，好幾次想要放棄這樣的情感，卻因為對方一個笑容、一個擁抱而感動落淚。

「『喂』公子吃粥啦！」

簡俊儀拿起湯匙，失魂落魄地攪動沒多少白煙的粥，然後突然冒出一句：「人類可以改變命運嗎？」

「啊？」張璿惠第一時間懷疑他是不是燒壞了，不過想了想還是回：「所以我才找你幫忙看星盤啊。」

「看星盤就能改變命運嗎？」

「俗話說知己知彼，百戰百勝嘛。看過使用說明書，應該就更知道該怎麼應對了吧。」

「即使機會渺茫？」

張璿惠簡直想敲他的腦袋了！難以相信自己之前還跟他商量過戀愛煩惱。

「拜託，喜歡的人也喜歡自己，這個機率該有多低？更何況對你我來說，對方還要能接受同性，這不是更不可能嗎？但只要機率不高就馬上放棄，這個世界上應該就沒什麼人能修成正果了吧！」

簡俊儀愣愣地回：「是這樣沒錯……」

「就是為了讓機率高一點才在那邊研究東研究西，你不也是這樣的想嗎？」

被她一問，簡俊儀愣住了。

說真的，這他還真沒想過。

但如果順著這個邏輯，自己的確是因為從前告白被拒，才開始正面迎戰星座話題。反過來說，不也是為了透過它來提高脫單機率嗎？

「很多東西例如價值觀、行為動機都很難跟本人一一確認吧？但如果有個比起胡思亂想還相對準確的工具，例如星座、血型、心理測驗……只要能幫上一點忙，那就萬萬歲了！」說著說著，張璿惠皺眉，將小碗的粥推到他面前，「如果你要思考的是這種宇宙等級的大道理，我勸你先喝粥吃藥，不然我可沒力氣扛你上救護車。」

人家都送到手上了，簡俊儀乖乖低頭喝粥，腦袋卻還是轉個不停。

如果說，星盤是一個人出生時天上星體的排列，因為許多不明原因，就像日出而作、日落而息，就像海洋潮起潮落，影響了一個人天生的性格和走向，這樣的命運如果能被解讀，那有沒有被超越的一天呢？

例如魔羯和雙子不合這種問題。

例如同性之間只能當朋友，不能更進一步這種問題。

「……所以妳才來找我啊……」

看他喝粥喝個半天，最後結論卻是這個，張璿惠哭笑不得，「你現在才發現嗎？」

順手舀了另一種粥到他的小碗裡，張璿惠看他皺起眉頭，「怎麼了？」

「我不想吃海帶芽……」

「那我剛才問你怎麼不早說？」

「我聞到才發現……」

張璿惠停下動作，沒再繼續加，看著他碗裡只有兩口的寶寶粥，「只有一點點，你吃完吧，海帶對身體好。」

「我換個碗就好。」

知道他是想遺棄這一小碗粥了，張璿惠把它推回他面前，「一口就喝完了，不要浪費食物。」

「妳是我媽啊？要是我喝了吐了怎麼辦？」

「我會幫你準備塑膠袋。」這種如同小嬰兒假吐假哭的伎倆對張璿惠毫無效果，不如說，會這樣做的小孩只是皮癢而已，喝下去嘔吐的機率低到可以忽略。

抗議無效，形勢比人強，簡俊儀臭著臉拿起碗，「妳不要總是反對我，這樣會不受歡迎的。」

「我沒有想要受歡迎，特別是你。倒是你自己想想，你現在說的話有道理嗎？點餐前我可是問過你了，你說不想吃之後我也沒再加啊。」

「……」

看他臭著臉不說話，張璿惠說：「世上不如意十之八九，你要習慣。」出乎意料的，她又悠悠道：「我也要習慣。」

一口 Shot 掉寶寶粥，簡俊儀發現自己其實也沒那麼不能接受這個味道，只是心裡很不爽而已。趕緊舀了幾勺大補粥清嘴巴裡的味道，卻被燙到瞬間飆淚。

好吧，雖然她很強勢，會逼自己吃現在沒心情吃的食物，但還滿會照顧人的，至少自己到剛剛為止還沒被燙到過。

這樣說來，自己當初看上她，其實也是出於誤會。要是早知道她是個會強迫自己做不想做的事的女人，逃都來不及了，哪裡敢湊上前去。

可換個角度說，真要說規矩硬，摩羯座的蔡以坤絕對比處女座的張瑲惠還要硬。

「要是能喜歡上好相處一點的人就好了。」

「少作夢了，這個世界上每個人都很難相處，選一個願意去包容的而已。」明明還沒有戀愛經驗，張瑲惠卻一臉老成，「聽說設計系有個女生跟你告白，她還算合你的調調，幹嘛拒絕？」

說到這碴，簡俊儀整個人都清醒了，「妳怎麼知道?!」

「她跟林依婷同社團。」

女生之間還真是沒有祕密……簡俊儀甘拜下風，「她到處講喔？」

「我又不在現場，我怎麼知道，這是林依婷跟我說的。你不是很想要女朋友，幹嘛不答應？」

「我也不是很想要女朋友……笑屁！我天生喜歡聯誼、夜衝、跑趴不行喔！」

看他氣到精神都來了，張瑲惠趕緊安撫他，「別那麼敏感。」

簡俊儀哪有那麼容易搞定，氣沖沖地問：「不然我跟妳交往妳可以嗎？」

「當然不行啊。」她那種藐視全人類的表情又來了。

她回答得太快，簡俊儀也不甘示弱：「我也不是誰都行啦！」

「齁～之前不是對我有意思？」

沒理會她的調侃，簡俊儀又變回那副無精打采的樣子，「幹嘛喜歡上那麼麻煩的人……」

「問你啊。」

「……彼此彼此吼。」

「哈哈……」

簡俊儀喝完最後一口粥，拿出藥袋準備吃藥，這才發現桌上茶杯裡裝的不是店家平常提供的紅茶，而是溫開水。

大概是生病了，淚腺特別脆弱，一杯溫開水就能讓人感動。簡俊儀一邊吃藥一邊心想，這對表兄妹只有在照顧人的時候特別像親戚。

看他整包藥幾乎還沒吃過，花花綠綠的，每包還不一樣，張瑲惠問：「你吃的是哪包藥？」

簡俊儀吃之前想都沒想，被她一問，才拎出一整串藥包看了看，「睡前。」

張瑲惠目瞪口呆，「那你怎麼騎車回家？」

「……對喔。」

她皺眉拿出手機敲敲打打，簡俊儀無聊又昏沉，瞇著眼靠牆打盹。久未進食，血糖急遽上升，虛弱與藥效加乘，他也覺得自己狀況挺不妙的，只是不想承認罷了。

正想著要不要試著偷渡進李承慶的宿舍過夜，就感覺一隻手摸上了自己的頭頂。

「上車。」

✧

夜晚的校門口店家陸續打烊，學生要晃也都去了夜市，臨停不是什麼難事，只不過一輛德系進口休旅車就這麼大剌剌地停在門口，還是十分顯眼。

蔡以坤看他搖搖晃晃地上了車，回頭跟表妹說了聲「謝謝」就要走，卻被她叫住了。

「你找他幹嘛？」

「他很久沒回我訊息，剛好看到他跟妳走在一起。」

張璿惠回想他之前躲自己，現在又躲蔡以坤的症頭，有點猶豫要不要暗示一下這個木頭表哥。

「我走了。」

蔡以坤想著簡俊儀還病懨懨地坐在車上，半點都不想跟表妹話家常，俐落上車，沒兩下就只留給她車尾燈了。

張璿惠被他的行動力驚得目瞪口呆。也是，看他那副殷勤勁，說不定簡俊儀還有戲呢，局外人何苦摻和呢。

簡俊儀一進車內就打了個顫，滿滿的暖氣讓他渾身發汗、更想睡了。

「你跟家裡說一聲，今晚住我家。」

「嗯……」簡俊儀閉著眼摸出手機，迷迷糊糊地打了個電話，「喂，媽……我吃錯藥了，不能騎車回家，今晚住同學家……」

賴女士的聲音不大，可在安靜的車內還是聽得一清二楚。『你怎麼生病了？去看醫生沒？』

「看了。不然怎麼有藥吃？」

蔡以坤在旁邊聽得狂皺眉，心想他家放牛吃草也放太遠了吧，連兒子生病都不知道。可平常聊天也不覺得他們家感情不好，怎麼會對他漠不關心到這個地步呢？

電話那頭賴女士叮囑了幾句「多喝水」、「多睡覺」、「不要給同學添麻煩」就掛了，簡俊儀將手機隨手一扔，就側躺在副駕駛座上。

「安全帶。」

「繫了。」

蔡以坤剛剛只是用眼角餘光發現他整個人縮了起來，轉頭一看，發現他還真能在安全帶的空隙裡側躺，不禁覺得神奇。

發現他在看自己，簡俊儀瞇著眼回看他。

這是他第一次坐蔡以坤開的車。很奇怪的，平常和青春校園格格不入的他坐在黑色內裝的駕駛座上，竟然十分合適，看起來像個沉穩的大人，讓人安心。

「睡吧，到了叫你。」

蔡以坤微涼的手掌先是蓋在額上測了測體溫，接著溫柔地揉了揉他的耳朵。簡俊儀乖乖閉上眼，心想生病就能有這麼好的待遇，未免也太賺了……

副駕駛座上的簡俊儀睡得香甜，蔡以坤轉過頭專心開車。

因為種種原因，雖然不願意，但自己從小到大都在照顧人。人類小的任性，老的麻煩，同齡的愚蠢，年長的彆扭，如果不是情勢所趨，和人保持距離是最安全的。

紅燈了，他轉頭看向病得狼狽的簡俊儀。

眼睛紅腫腫的，看起來變小了不少，鼻尖、人中擤鼻涕擤到破皮，縮在副駕駛座上，連呼吸都又急又淺。

這個讓人放心不下的傢伙，怎麼就在自己不知道的時候病成這副模樣呢。

他伸出手，趁著探熱度的機會又摸了摸簡俊儀。他也不知道為什麼自己總是忍不住想要摸摸他，揉揉他，這種衝動不但前所未有，還強烈得讓他無所適從。

大概是把他當成表情豐富的寵物了吧。只是照顧狗照顧了這麼久，從來沒有照顧得這麼開心的，在一個同齡男生身上感受到養寵物的樂趣，的確挺怪的。

蔡以坤家裡離學校有段距離，大概開了二十分鐘才到。在路邊停好車後，看簡俊儀已經完全睡著了，蔡以坤不得不搖醒他。

「簡俊儀，到了。」

因為藥效的關係，簡俊儀睡得挺好的，乍被搖醒有點起床氣，「我就睡這裡……」

蔡以坤熄火，直接開門下車，然後打開副駕駛座的門。

湧入的冷空氣瞬間讓簡俊儀噴嚏五連發，頓時清醒，亂掏口袋裡的衛生紙。好不容易止住了噴嚏，他紅著眼睛對蔡以坤說：「你故意的對不對！」

蔡以坤揹起他的書包，懶得跟一個病人計較，「我揹不動你，怕被摔下樓就起來自己走。」

簡俊儀這才發現自己不在餐廳，而是在一片老公寓的小巷內，不禁有點驚訝，「你家？」

「在五樓。我可以扶你。」

簡俊儀的確很昏沉，但從未來過的「蔡以坤老家」給了他探索的動力，扶著他結實的手臂，搖搖晃晃地走進狹窄的樓梯間。

停停走走，好不容易到了五樓，簡俊儀已經快喘死了。一層兩戶的老公寓格局十分普通，甚至和自己家差不多，就是小了點，東西也少了點。配色十分中性，可偶爾跳出來的紅色花瓶、黃色沙發靠枕，還是可以看出老闆娘一貫的活潑風格。

「要我扶著你洗澡嗎？」

簡俊儀連洗澡的力氣都沒有，也不想被人當洗狗一樣全身搓過一遍。可是顧慮到有人可能會有床潔癖，有點遲疑地說：「我睡沙發，能不能不洗澡……」

蔡以坤捏了捏他的臉頰，「你先去床上躺，我拿溫水、毛巾給你自己擦。」

蔡以坤的房間風格和餐廳小屋裡的房間一樣，真要說有哪裡不同，大概就是看起來舒服許多的雙人床。

躺在滿是蔡以坤味道的被窩裡，簡俊儀幸福地瞇起眼。明明同是臭男生，但從借住的第一晚開始，自己就特別喜歡他的味道。老家的被褥枕頭用得更久，味道更濃，即使流鼻水也聞得到。

只不過聞著聞著，他慢慢聞到自己身上傳來的汗味……然後意識到自己還在感冒發汗。

「熱水不夠熱可以叫我。」蔡以坤拿著冒白煙的水盆進來，放在床頭櫃上，「扭得動毛巾嗎？」

簡俊儀又想撒嬌叫他幫忙，又覺得只不過是生個病，就連毛巾都要叫人扭太掉價，兩相拉扯之下，最後大腦當機，毫無反應。

蔡以坤看他呆呆的，擰了毛巾先替他擦了臉。熱毛巾一摀上皮膚，簡俊儀就舒服得想哭。

他也真的哭了。

「還很不舒服嗎？」

簡俊儀艱難地搖搖頭，將臉靠在他手上。

「我幫你擦背吧。」

不想要自己的汗味影響到整體體驗，簡俊儀乖乖舉起手讓他脫衣服。溫暖的熱毛巾擦過皮膚，舒服得令人起雞皮疙瘩。

蔡以坤的動作俐落，沒兩下就擦完他的上半身了。又擰了一次毛巾，他拿著水盆出房間，「下半身自己擦。」

四下無人後，簡俊儀掙扎地踢掉褲子，然後在被窩裡拱啊拱地草草擦過雙腿。本來以為他很快就會回來，誰知道手裡抓的溼毛巾都冷了，他還沒回來。不想把溼毛巾放在木製床頭櫃上，簡俊儀隨便披了件放在旁邊的蔡以坤的外套，扶著牆起身出房間找人。

站在早已被當成儲藏室的書房，蔡以坤撥打老闆娘的手機。

「電暖器妳放哪？」

電話那頭老媽的聲音還是一如既往地充滿活力，振得他耳朵疼。『你今天才幫我搬進後場，自己都忘了嗎？』

蔡以坤的確沒有印象，只記得簡俊儀沒回自己訊息。想到他裹著棉被瑟瑟發抖的樣子，蔡以坤嘆了口氣。

『你也會怕冷啊？』

老媽如此沒心沒肺，蔡以坤毫不意外。「簡俊儀生病了，我載他回家。」

『既然生病了，你應該載他回他自己家才是啊，在別人家養病多彆扭啊。』

蔡以坤還真沒想到這一層，這才開始反省自己的自作主張。

老闆娘也不知道一向聰明的兒子怎麼了，『算了，來都來了，你泡個C錠給他。要是嫌冷，以嘉的棉被也拿去給他蓋。』

「在她房間？」

『在我房間，這幾天天氣冷了嘛。餐廳這裡你好歹也多帶條棉被嘛，要是沒有電暖器，我就要被你冷死了——』

「我去拿棉被了，拜拜。」果斷掛掉老媽的電話，蔡以坤轉身離開書房。沒想到才剛走兩步，就被披著外套亂走的簡俊儀撞進懷裡。

「你在幹嘛。」見他披著自己的長大衣，兩條腿光溜溜的，蔡以坤皺眉。

「毛巾不知道放哪裡……」簡俊儀虛弱又委屈，巴住他溫暖的身體不放手。

蔡以坤幾乎是半抱著他回房的，扒了他身上的外套後，替他重新蓋好棉被，然後把全新的免洗內褲塞到他手上，「我只是去找東西，別亂跑了。」

沒想到他連內褲都替自己準備好了，簡俊儀乖乖在被窩裡點頭。才剛換好內褲不久，蔡以坤就抱著棉被、枕頭和保溫瓶回來了。

「還會冷嗎？」

「嗯。」其實是忽冷忽熱。所以剛才他才有辦法光著身體走出房間。

蔡以坤拿出自己的睡衣睡褲替他穿上，又替他蓋上第二件棉被，最後餵他喝了杯維他命C，自己也爬進被窩。

「睡吧。」

原先床上的枕頭只有一顆，簡俊儀沒想到他會來和自己一起睡，感受到他的體溫後，反而清醒不少。

「電暖器被我媽拿去餐廳了，你如果會冷，可以靠過來一點。」

簡俊儀實在很想吐槽「你又不是電暖器」，可又無法拒絕這種能夠光明正大和他靠近的機會，暗暗往他那一側靠過去。

在黑暗中感受著他的體溫、聞著他的味道、享受他的照顧……簡俊儀知道，這全都是因為他把自己當朋友。自己也曾經這麼以為，直到自己看了那段錄影。

每說一句對他的形容，腦中都會浮現和他相處的點滴，他對自己的溫柔和嚴格占據了全部的思緒，無法不去想。

可現實卻是這種無法自欺欺人的甜美夢境，讓人深陷其中，又不能不去感受與夢想的差距。

這種心碎的感情，難道就是喜歡嗎？

「還很不舒服嗎？」

蔡以坤不知道他為什麼又哭了，肩上的淚從溫熱轉為冰涼，讓他不住撫摸他的頭髮、抽衛生紙給他。發現他哭到喘不過氣後，直接將他扶起身抱在懷裡，輕拍他的後背，讓他呼吸順暢些。

簡俊儀沒有回答，只是慢慢收緊環在他背上的手。

如果我做了什麼奇怪的事，全都是感冒害的！

打定主意要全推給感冒後，簡俊儀緊緊抱住蔡以坤盡情哭泣，直到因為倦意昏睡過去。

第五章

Chapter.5

一覺醒來，窗外是個晴朗的好天氣。

依照慣例，簡俊儀被陽光亮醒，然後往陰影處窩了窩。

好溫暖，好好聞，好舒服……

從小到大都一個人睡的他，完全沉迷於這種難以形容的舒適體驗之中，迷迷糊糊地心想，等打工費下來，自己一定要跟蔡以坤重金購買這條棉被——抱枕？寢具？

太過在意到底是什麼讓自己睡眠品質提升到這種程度，簡俊儀努力睜開眼。

是蔡以坤帶著些許鬍碴的下巴。

趕緊閉上眼，他冷靜了三秒，認真感受一下自己的雙手雙腳放在哪裡。

頭靠在人家頸窩這件事是肯定的，夾在兩人中間的手摸著人家的胸，另一隻手放在他腰上，雙腳不知怎麼辦到的，完全和他的纏在一起，仔細感受一下，甚至能發現他早晨的好精神——

「醒了？還是要再睡一下？」

他剛起床沙啞低沉的聲音震動了簡俊儀的耳膜，非常丟臉的，他光是這樣就起了反應……難道女生說耳朵懷孕確有其事？

簡俊儀臉紅到不行，趕緊和他拉開距離，沒想到他的手馬上就探過來，在自己臉上東摸西摸。

「你好像還在發燒，要不要再去看個醫生？」

難得看他半閉著眼跟自己說話，簡俊儀覺得自己沒救了！竟然會覺得這樣的他睫毛超

長、帥到自己要心臟病發！

「不、不用……就是有點熱。」

「喔。」蔡以坤聞言馬上放開他。直到分開，他才發現兩人抱得那麼緊。

明明是自己說的，但真的分開後，簡俊儀又覺得好寂寞。

和男生抱著睡了一整晚，蔡以坤是同性戀嗎？

不！正因為他對自己沒意思，才能這樣普普通通地抱著睡啊！

可是一般男性朋友真的會對方好到這個地步嗎？如果不是同性戀，根本無法解釋啊！

那我是同性戀嗎？因為我喜歡蔡以坤，所以就變成同性戀了嗎？

可是我對他起生理反應哎？該不會真的變成同性戀了吧？

看他都不說話，蔡以坤問：「你早餐想吃什麼？還是要先回家換個衣服？」

簡俊儀還在自己的腦內小宇宙，嘟噥道：「我在想事情。」

「什麼？」他的話全糊在一起，蔡以坤根本聽不懂，又伸手把他的頭臉摸了一通——總覺得溫度正常不少，可他怎麼變得更奇怪了？

蔡以坤百思不得其解地下了床，摸出他書包裡的藥袋，看到上面勾的是飯後，先去替他泡了杯麥片，然後連同溫水一起送到他手邊。

好奇怪，他這是燒壞掉了嗎？這樣還能上課打工嗎？可惜家裡的耳溫槍被以嘉帶走了——對了，還有水銀體溫計。

去醫藥箱翻了一趟回來，看他還呆呆地握著麥片暖手，蔡以坤嘆了口氣，解開他的睡衣鈕釦，將體溫計夾到他腋下，催著他喝麥片吃藥。

「還是再去看一次醫生？」

「……不要。」簡俊儀終於有了反應，卻是問他的行程，「你今天不用遛狗、不用上課？」

「昨晚是我媽顧狗，我今天十點才有必修。」

簡俊儀歪過頭，遍尋不著房內的時鐘，只好問：「現在幾點？」

「七點半。」

「七點半?!」

看他瞬間清醒，蔡以坤笑著替他抽出體溫計，看到體溫三十六點五度，鬆了口氣，「昨晚我們搞不好八點就睡了。」

簡俊儀從小就好動，十二點睡都算早睡，看來是連日的失眠還有病痛讓他整個人斷電了。

「你幾點的課？」

「也是十點……」

蔡以坤幫他把衣褲拿到床邊，收走杯子，「走吧，我載你回家換個衣服，之後就去學校。」

一路上，簡俊儀都悶悶的，蔡以坤以為他不舒服，也沒有放在心上。照著導航，順利開到他家樓下，簡俊儀卻指引他停進某個掛了鎖的空位。擔心他像昨天那樣頭暈，蔡以坤遲疑了一下，還是陪著他回家了。

簡俊儀的家外觀也是一樣老派的公寓，不過用新型指紋鎖開了門後，才發現雖然格局很普通，但裡面的裝潢一直都有在更新。

溫暖的間接式照明、新潮的沙發和掛毯、散發香氣的木地板，甚至連電視都很大臺，和自己沒有什麼生活感的家完全不同。

「等我一下。」簡俊儀把他帶到房間，自己則隨便拿了套衣服就去了浴室。

獨自被留下的蔡以坤坐到他書桌前，好奇地四處張望。深棕色書桌上滿是他兒時亂貼的貼紙，卡通金屬筆筒裡面還有彩虹筆和毛筆。教科書放得東一本西一本，讓人特別手癢，想把它們放整齊——

「俊儀你回來啦？你知道嗎！樓下車位竟然被人猜中密碼——」

房間門「唰」地被推開，穿著套裝的女子連高跟鞋都來不及脫，一臉震驚地走進房間，正好和蔡以坤對上眼。

「——你誰啊？」

聽老婆的聲音不對勁，簡爸跟著走進來，加入大眼瞪小眼的行列。

「您好，我是簡俊儀的同學，我叫蔡以坤。」起身對看似簡俊儀父母的中年男女鞠了個躬，再抬起頭，就看到他們露出奇怪的表情。

不愧是簡俊儀的家人，跟他一樣令人摸不透。

自覺表現很普通的蔡以坤就這麼靜靜觀察這奇怪的一家人，直到簡俊儀走出浴室，打破沉默。

「你們回來啦——啊！」話還來不及說完，他就被自家老媽拉進了主臥室。

「男朋友？」

「啊?!」

做賊心虛的簡俊儀反應特別大，看他這個反應，賴女士又猜：「還是你喜歡他？」

「妳不要亂說話！」簡俊儀壓低聲音，卻用上最強烈的語氣！

「他是同學兼同事！只是送我回家換個衣服，等等還要去學校！」

「你昨晚睡他家？他是開餐廳的那個？還接送你上下學？」賴女士不聽人說話的毛病和她兒子一模一樣，連珠炮似的發問，問到他頭都痛了！

「對啦！妳最會猜！第一名好不好！」簡俊儀不爽地推開老媽，然後自己腳步不穩地撞上無辜的牆。

賴女士早習慣兒子不佳的態度，見他正好靠在牆上挺穩的，也就沒管他，繼續推理下去。「你不知道你生病很盧的，能夠照顧你整夜還不跟你翻臉，現在還要接送你上下學，那就代表有戲啊！」

簡俊儀不知道該贊同，還是否認老媽這一連串的敘述。他已經夠混亂了，不想要她再替自己添亂——甚至懶得去思考為什麼她對「女朋友」以外的選項也能夠接受。

「講完了沒！我要出門了！」

隨手將房門「砰」地關上，簡俊儀忍著頭痛回房，甩上書包，拉上蔡以坤就出門了。

劈里啪啦的雨點打在車窗上，蔡以坤看向坐在副駕駛座上沉默的簡俊儀。

他換了件素色高領深綠色毛衣，外面穿了件針眼很粗、看起來軟綿綿的寬版深米色編織毛衣，整個人乖乖的、軟軟的、懨懨地看著前擋風玻璃上不斷滑開的水珠。

蔡以坤很少注意到別人的外表，甚至還有點臉盲，還好交際圈足夠單純，沒因此碰過什麼尷尬的場面。但很奇怪的，淡藍色的光影下，他竟然記住了簡俊儀的臉。

柔軟的棕色髮絲底下，淡淡的眉修成了好看的形狀，平日靈動的雙眼現在半瞇著，濃密的睫毛在雨天凌亂的光線下，看起來變長不少。柔軟的嘴唇因為生病而顯得有些乾燥，早上看到的不明顯鬍碴，回家一趟後也處理乾淨了，下巴被高領毛衣遮住大半，顯得稚氣又無害。

乍見到不同於以往活潑的簡俊儀，讓人有種新鮮感。

車輛就這麼駛進了大學校園。機車才是大學生的主流選擇，除了各系所大樓底下的停車場需要抽籤，校園裡的停車位只要經過申請，都可以停。

「你在哪裡上課？」

簡俊儀想了想，「教學大樓。」

那附近常常停滿，可蔡以坤怕他淋雨，還是開過去試試運氣，誰知道遠遠就看到正門口有一個堪稱完美的車位。

車位很大，蔡以坤一次就把車停好，簡俊儀道了聲謝就撐傘下車了。車門才剛關上，蔡以坤就發現他忘記拿剛才在路上買好的早餐了。

撐開雨傘，他趕緊下車，「簡俊儀！」

簡俊儀回過頭看到他手上的早餐，趕緊轉身。也不知道是哪個天才設計的，教學大樓的地面光滑無比，一下雨變滑成了溜冰場——

「唔！」

簡俊儀閉上眼，準備迎接摔得狗吃屎的命運，誰知道卻跌進一個溫暖的懷抱裡。

「……小心點。」

蔡以坤英俊的臉離得太近，簡俊儀甚至覺得他的睫毛掃到了自己額頭。昨晚伴自己入眠的氣味鋪天蓋地而來，一時緊張，他甚至像變態一樣深吸了一口。

簡俊儀難為情地抓住蔡以坤的手臂，悻悻道：「這不能怪我吧……」

蔡以坤嘆了口氣，把他扶正，然後將早餐交到他手裡，「走慢點，感冒時平衡感會變差。」

簡俊儀心裡想說「謝謝」，嘴裡冒出的卻是「要你管」……好在旁邊同時響起了女生的小小尖叫聲。

照片常上校版的帥哥和另一個人摟摟抱抱，還在最多人選修的十點上課前，教學大樓的正門口，不停下腳步看才奇怪吧！

在眾所矚目之中，簡俊儀拿了早餐，慌不擇路地匆匆向前，蔡以坤再次出言提醒——

「等等！」

地磚碎裂後，學校派人重鋪了碎裂的一小片，並在周圍圍上低矮的角錐和欄杆，只是實在太矮了，視線往前是完全看不到的！

眼看他這次真的要絆倒了，蔡以坤一手把他往回拉。

這下可好，他又回到他懷裡了。

「哇，同性戀摟摟抱抱耶。」

入口處傳來幾名男學生充滿惡意的訕笑。聽到男生輕佻的語氣，從頭看到尾的女生們立刻轉頭狠瞪。

狠瞪的當然不只有女生們而已。

察覺到蔡以坤全身的肌肉緊繃，簡俊儀突然想起他硬槓奧客的戰神英姿，趕緊抱住他的手——還好他這麼做了，不然晚個一秒他就抓不到蔡以坤了。

「周達洋，你來得正好，扶我去教室。」

沒想到竟然是認識的人，男生群一愣，越過蔡以坤的肩頭一看，果然見簡俊儀一臉虛弱。

「你怎麼啦？腳斷了？」雖然不太熟，但都被點名了，周達洋還是皺著眉頭走過來，伸手準備扶他。

「重感冒。」

他才剛說完，周達洋就向後退了好幾步，「哎，不要，會傳染給我。你抓著扶手可以走樓梯吧。」

「……你人還真熱心吼。」

被他白了一眼，周達洋聳肩，看向蔡以坤，「你對他也太好了，該不會在追他吧？」

簡俊儀閉上眼，真想撒手不管這個欠揍的死白痴了。可馬上就要上課了，他不想要蔡以坤在這裡浪費時間，還是裝模作樣地打個圓場，同時暗示蔡以坤以課業為重。

「少無聊了。你不用上課？」

可惜蔡以坤沒察覺到他的言外之意，用鄙視的口吻冷冷地對周達洋道：「關你屁事。」

被一個身高、長相、體格全方位輾壓自己的帥哥用冰冷至極的低音威嚇，這群烏合之眾怎麼受得了，一個個從後面跑過來支援前線——

「幹！」

「啊！」

周達洋目瞪口呆地看著兄弟們跌成一片，簡俊儀嘆了一口氣：「你不去跟他們摟摟抱抱嗎？」

「……」

經過這段插曲，蔡以坤最終還是在鈴響時衝進教室。

他很少這麼晚進教室，第一排沒人會跟他搶座位，直到他拿出課本，老師才開始講課。教室內非常安靜，老師也講得很認真，蔡以坤手速飛快地抄著筆記，腦袋卻很難得地開始神遊。

老實說，簡俊儀家的隔音實在不怎麼樣。

自己和簡俊儀的爸爸面面相覷時，沉默之中，就連牆壁對面刻意壓低音量的對話聽起來都很清楚。這真的是他這輩子少數意識到「尷尬」的奇妙時刻。

無聊、嚴格、工作狂……蔡以坤從來沒想過有人會在相處過後，還會喜歡上自己。回想和簡俊儀相處的點滴，自己的確不假辭色，要求也沒放過水，甚至他本人也抱怨過跟自己沒辦法「聊天」，因為自己根本不會「聊天」。

的確有很多人喜歡自己的外表，可回想剛認識簡俊儀的時候，他對自己的外表散發出一種強烈的嫌棄，甚至還有種奇怪的敵意——是的，這些他都知道，只是沒有明說而已。

經過這段時間的相處，兩人的氣氛融洽多了，自己也的確喜歡和他在一起時的感覺。動不動就摸摸他，甚至還做菜給他吃，而那時候也覺得很開心。看到他多變的情緒，自己也被感染了，明明還是過著和從前一樣的生活，卻因為他的存在，變得多彩多姿了起來。

不過在這些「事實」以外，被他這樣可愛的人喜歡，還是挺讓人高興的，這是從前被陌生人告白時從未有過的感覺。

想到這裡，蔡以坤抄寫筆記的手一頓，一個字略偏離了格線。

可愛？自己覺得他可愛嗎？

簡俊儀機靈又活潑，無論是工作上還是平常相處時，見人說人話、見鬼說鬼話的特點的確都很能打開大家的話匣子。雖然有時會被他說話不經腦子這點氣到，但一般來說還是很討人喜歡的。

至於外表，從身高、骨架、喉結跟細細的鬍碴來看，他絕對是個不折不扣的男性，甚至對追求女性抱持著自己難以理解的熱情。可他卻很習慣和自己摟摟抱抱，昨晚手腳還緊纏著不放，甚至會抱著自己哭。

或許就是這些過於親密的相處讓簡俊儀誤會了，也讓自己誤會了？

想起他身上的香氣，蔡以坤苦笑。或許自己該問他用的到底是哪個牌子的洗髮精和洗衣精，還要叫他不要老是下意識地和自己靠近。

身後的同學突然交頭接耳了起來，而後小小的騷動蔓延到了蔡以坤的右手邊。班上同樣認真於課業的男同學楊文欣悄悄戳了戳他的手臂，低聲道：「你外套放到腿上遮一下。」

蔡以坤不明就裡地乖乖脫下外套，低下頭後，才發現自己竟然搭起了帳篷。

對於一個邊狂抄筆記邊勃起的資優生，同學們完全不作他想，最後由楊文欣替大家說出口：「有時候太累就會這樣，你要多休息啊……」

因為上課時發生的意外，當晚蔡以坤決定撇下預習這項例行公事。遛完狗後，他洗了個熱水澡，抱著電腦窩到床上。

不得不說，老媽帶被子還有電暖器來的時機正好，窗外陰雨綿綿，寒氣逼人，蓋上兩床棉被後寒冷就與他無緣了。

攏了攏占滿單人床的被子，他打開色情網站。

老實說，他很少看片解決，適度的運動還有工作已經耗盡了他的精力，課業則讓他更沒有時間想東想西，比起看片買片，不如在網路上隨便搜個短片解決還更划算省時。

和往常一樣隨便挑了個十分鐘的短片，反覆看個兩遍，槍就清完了。拿衛生紙擦拭的途中，他看著還在重播的畫面，突然不懂這些肉色的畫面哪裡吸引人了，更不知道剛才的自己到底是哪裡被它吸引，進而引發這麼大的衝動。

或許這就是自己無聊的地方吧，習慣性的分析讓一切熱情都變調了，沒有這種煩惱的人還真叫人羨慕。

陰錯陽差的，旁邊「Gay」的標籤映入眼簾。

想起今天早上的插曲，他突然有點好奇。因為從未想過要談戀愛，所以也從未思考過性向，過往也只不過從眾看一些主流的內容罷了。不過如今網路如此方便，何不趁機看看？

輕輕點個兩下，他好像進入了另一個世界。

「巨屌」、「無套中出」、「熊」、「小鮮肉」、「亞洲男性」……無數個名詞映入眼簾，讓人陌生又困惑。

滑鼠移動到「無套中出」的標籤上，蔡以坤心想大概就是普通的性行為，只是沒戴套而已吧。的確，如果在健康的狀態下，男性之間的性行為是不用擔心會懷孕的。這麼簡單的生物課問題，蔡以坤卻直到現在才發現應用在生活中，原來會長這樣——

點開標籤，影片的封面更直接赤裸，交合的部分恨不得占滿整個畫面，白濁沾染了整個臀部，衝擊力強烈到讓蔡以坤一秒關掉視窗。

「……」

不會就這麼剛好點到特別刺激的吧？

他瞪大了眼，改點另一個看起來安全一點的標籤「亞洲男性」——雖然作為男性，的確會在意世人所謂「巨屌」的標準到底在哪裡，但他真的沒有承受滿螢幕雞雞的心理準備。

「亞洲男性」這個標籤以東亞為主，只有少數的其他亞洲男性。預覽窗格中的男性大多身材纖細結實，或衣衫不整、或赤裸，表情或渴望、或難耐，背景以床褥為大宗，男性獨有纖細骨感的雙腿在寢具上惹出皺褶。

鼻尖突然飄過一陣若有似無的香氣，蔡以坤起了雞皮疙瘩，只因想起了簡俊儀雙腿的觸感。

昨晚的簡俊儀就像隻渴望溫暖的小動物，不斷往自己懷裡鑽，就算哭累睡著了，赤裸的雙腿還是隔著自己的睡褲緊緊纏著。很奇怪的，即使不小心感受到他的男性性徵，蔡以坤卻不覺得反感。

當下自己睡得心如止水，如今回想起來卻血脈賁張。

兒時看到書上總寫著女子抱起來有如「溫香軟玉」，萬萬沒想到簡俊儀抱起來也有這種感覺。

無奈地發現小老弟又站起來了，蔡以坤伸手隨便擼了兩下。

剛才看過的短片早已厭膩，看眼前的男男性行為感覺又怪怪的，他乾脆闔上電腦，閉上眼專注於肉體的刺激。可過沒多久，手掌忽略了柱體光滑的觸感，不斷反芻簡俊儀細軟的頭髮和薄薄皮膚下的骨節。

想到這裡，思緒就有如脫韁野馬。一下是他只穿著一條內褲，披著自己的長大衣，緊緊抱住自己；一下是他深埋進自己的被窩裡不斷偷聞，還露出滿足的笑容；一下是他乖乖地睡在自己懷裡，一早就把自己蹭得起火——

隨著熱液不斷湧出，蔡以坤嘆了長長一口氣，冷靜下來後皺起眉頭。

簡俊儀的喜歡，是喜歡和自己相處的感覺嗎？還是除了精神以外，對自己有肉體上的熱情？是希望自己擁抱他，還是想要擁抱自己？

再次清潔完下體，他將自己埋進被窩。厚實有彈性的蠶絲厚被抱起來有簡俊儀的觸感，卻沒有他的氣味，更沒有他的反應。

原來在不知不覺間，自己變得這麼在意他了嗎？蔡以坤閉上眼。

工作、家庭、課業已讓人應接不暇，要是真的答應交往，自由活潑的簡俊儀能忍耐多久呢？他也是本地人，畢業之後不一定會遠走他鄉，但要是哪天他不想在餐廳工作了，該怎麼辦？還有，若是把精力分散到交往對象身上，自己的規劃不就一團亂了嗎？自己真的有心力關心他嗎？真到了那時候，他會不會嫌棄自己無聊又呆板？

窗外的雨越下越大，每一滴都像無法解決的現實問題，在他的心上起了點點漣漪……

✧

「媽……」

從下午就開始睡的簡俊儀病懨懨地躺在自己床上，氣若游絲地呼喚老媽。喊了一陣，無人回應，他只好臭著臉自己起身，扶著牆走出房間。

「媽！」

坐在沙發上滑手機的賴女士頭都沒回，「嗯」了一聲權充回答。

「我肚子餓了。我要吃粥。」

賴女士雙眼不離手機，起身走到廚房，打開冰箱後才問：「你放在哪一層？」

簡俊儀連翻白眼的力氣都沒有，無奈道：「我又沒說我買回來冰。如果微波爐熱一下就好，我叫妳幹嘛。」

「自己想吃幹嘛不自己買？叫你朋友半路停一下就好啦。」兒子有人接送上下學，賴女士半點都不擔心。上班已經夠累了，哪有心思伺候兒子？更何況這小子平時跑得不見人影，生病後才回家耍橫，誰理他誰倒楣。

相處二十二年，老媽的心裡話簡直寫在臉上了。簡俊儀癟嘴回房拿出手機，「爸，幫我買便利商店的粥。海鮮以外的都可以。」

看兒子氣噗噗地倒回床上，賴女士忍不住笑了。她走進浴室，擰了條溼毛巾，放到他額頭上。

「你這小子，什麼不會就會撒嬌。都幾歲了。」

「這跟幾歲沒關係。我生病哎。」

「你一定是晚上跑出去玩又穿太少。看你那個藥，到現在還剩一堆，就知道沒乖乖吃。」

發現老媽比自己想像中還要更了解自己，簡俊儀趕緊轉攻為守，「為什麼我生病還要被妳罵啊。」

「身體髮膚，受之父母。沒打你就不錯了，還想要我照顧你？」隔著溼毛巾彈了他額頭一下，賴女士替他開了空氣清淨機。「我跟你爸不可能照顧你一輩子，你最好學學該怎麼過日子。」

話才剛說完，她突然遲疑了一下，「誰載你回家的？李承慶？還是之前來我們家的那個？」

「……」

看來不是李承慶了。賴女士瞥了他一眼，「你這個樣子，哪個女生願意照顧你？只要對你好，男的我也不反對。」

「妳別亂講話，蔡以坤只是希望我快點好、快點回去打工而已！」

電鈴響了，賴女士趕緊出去替老公開門，邊走還邊回：「那你快點回去打工啊，再這麼替人添麻煩可就扣分了！」

簡俊儀被老媽氣得食欲全無，連老爸端著熱粥放在他床頭都沒心情吃，只臭著臉滑手機。沒想到才一開SNS，就看到蔡以坤刷的一整排讚，嚇了一跳！

閉上眼冷靜了幾秒，再睜開眼，按讚通知還在持續增加，還有越來越考古的氣勢。當然蔡以坤也不是全部都無腦點讚：夜衝的不點、跟風大數據心理測驗不點、喝酒的不點，其他讀書、家庭活動、打工日常、熬夜熬太晚的中二無病呻吟——

等等！這個別看啊！自己不是發友限嗎？

啊！他早就跟自己是好友了齁？

幹嘛突然來按讚啊，超詭異的！

現在晚上十點哎？他還沒睡嗎？

此時簡俊儀不得不承認，自己雖然喜歡蔡以坤，但對他實在說不上了解。他跟自己差太多了，一靜一動、一收一放，可真的遇上事，他又是個行動派，常讓自己心驚膽戰——

越想越頭痛，他丟開手機，起身吃了兩口粥，而後想了想，又拿起手機打開星盤。

關於要不要看自己與他的合盤，簡俊儀少見地深思熟慮了一番。

這種東西騙不了人，合就合，不合就不合，要不就是得處心積慮地改造自己、配合對方。從這點看來，魔羯座的蔡以坤應該是不可能了。誰叫先喜歡的先輸，自己前期應該是可以忍耐的，但真的過了五年十年，會不會——

……五年十年?!

簡爸一進房間就看到兒子在床上滾來滾去。還好他從小就自己睡一間房，雙人床空間夠大，不然早就滾到地上去了。

「吃完了沒？」

「啊！等我一下！」粥溫溫地很好入口，簡俊儀拿起碗一口氣狂灌，而後把碗交給簡爸。

「剛吃飽別躺，小心胃食道逆流。」

「喔……」一面對買飯回家又幫自己收拾的老爸，簡俊儀老實不少，裹著毛毯坐在床沿滑手機。結果老爸一走，他馬上又窩回床上，背後墊著無數顆柔軟的枕頭。

重新回到他的星盤。雖然之前以為是「張璿惠」時看過了，但角度不對，看了也是白搭。

自己跟他從太陽星座來看是不合的，但同為月獅子，配置上又像是可以好好相處。兩人的上升一個在巨蟹、一個在天秤，同為開創星座，也還算有幾分搞頭……

簡俊儀覺得自己的心跳得好快。

從這種虛無飄渺的地方硬要去解釋自己和對方登對，簡直就是小女生嘛——雖然從現況看來，小女生都比自己冷靜許多。

「自己真的喜歡上他了！」這無法反駁的事實讓簡俊儀心癢難耐，恨不得開窗迎風大吼，又想縮回被窩裡悶聲尖叫，種種失常的念頭讓他的心情忽上忽下、忽冷忽熱。就這麼糾結了半天，他終於把心一橫，搜尋了「魔羯男」！

感謝萬能的網路！

看著那些相連到天邊的教戰守則影片，他突然覺得自己不孤單了……

隔天傍晚，簡俊儀終於騎著他的機車回去上班了。原本還怕自己翻來覆去睡不著，誰知道影片聽著聽著就睡著了，從十點開始睡到隔天早上十點。

好久沒有睡得這麼好了，除了喉嚨容易乾癢外，感冒幾乎全好了。當他戴著口罩、久違地推開已經有點陌生的餐廳大門時，內心突然有些緊張——

「俊儀五桌點餐。」

才剛打開門，琪琪就頭也不回地匆匆從他身旁走過，趕去幫八併九桌的團體客人點餐。走進後場，戰況更加激烈，幾乎沒人有空跟他打招呼，就連蔡以坤都只看了他一眼，於是他也只能放下忐忑，快手快腳地圍上圍裙加入工作行列。

完全不知道發生什麼事，明明只是個普通的上班日，客人吃得快、走得快、來得更快！一桌又一桌來來去去，大伙兒忙到連晚餐都沒空吃，就這麼一路忙到下班時間。

「俊儀學長……」

晚上九點，小珊吃著冷掉的白酒蛤蜊麵，表情空洞地和簡俊儀搭話。大病初癒的簡俊儀狀況也沒好到哪裡去，好不容易回血的精神全被榨乾了，同樣呆滯地看向她。

「我之後有些忙，你可以幫我代幾天班嗎？」

簡俊儀這才意識到，自己請病假的期間全靠同事幫忙代班，而人手不足的狀況下，例行性的清潔可能也被省略了，櫃檯角落、窗戶玻璃，可能連廚房地板，都出現只有工作人員才能發現的小小髒汙。

「可以是可以……啊，蔡以坤，班表來一下。」叫住正好經過的蔡以坤，簡俊儀注意到小珊的表情有些不自然。

接過班表，簡俊儀公事公辦地快速改完，然後問：「一起去找小老闆？」

「學長你去就好。我下班了。」

哎不是，要是最後沒調好要改，妳人又不在，是要怎麼改？

看著三兩下就離開的她，簡俊儀重新低頭吃飯，決定晚點再問蔡以坤。

「你吃飯沒？」簡俊儀拿著自己用過的餐具斜靠在門口問。廚房內劉伯已經在穿外套了，只剩蔡以坤還在洗那一堆髒碗盤。

「吃了一點。」看到他手上的班表，蔡以坤點點頭，「班表你放櫃檯就好，我晚點看完再回你。」

簡俊儀看他打算就這麼洗下去，嘆了口氣，捲起袖子。「你是打算要洗到幾點？是說今天客人也太多了吧。」

蔡以坤說得淡然，但語氣中滿是無奈，「之前有記者來採訪，時間太久，我都忘了這回事，結果在你請病假那天才刊登。」

「哇……」簡俊儀真是打從心裡感到抱歉。未免也太巧了。

察覺到他的想法，蔡以坤說：「別在意。你也別待太晚，小心吹風之後又生病。」

「我沒那麼嬌弱啦！……應該吧。」他捲起袖子站到他身邊，準備加入戰局。

見他不聽勸，蔡以坤揚眉，「你明天最好也來上班——啊，不好意思，幫我拿個手機，在右邊口袋。」

簡俊儀伸手進他的圍裙口袋裡，要掏出不斷震動的手機，一邊為他的體溫和肌肉起伏而心猿意馬，一邊心想「糟了，我好像真的變成同性戀了」。拿出來一看，原來是老闆娘。在蔡以坤示意下，他按下接聽，而後把手機湊到他耳邊。兩人的距離太近，老闆娘說話中氣十足，簡俊儀有種在跟她說話的人是自己的錯覺。

『蔡以坤先生！你明天要我買什麼？都過九點半了！』

電話那頭，老闆娘完全呈現暴走狀態，疲倦與不耐煩撲面而來，簡俊儀不由得心臟一緊，好像自己也跟著被罵一樣。

「……抱歉。」蔡以坤趕緊洗手，電話那頭還在繼續叨念。

『你帳也還沒結、食材也還沒點，我晚上也不用睡了，直接明天三點買菜就好啦?!你明天就給我自己走路去學校——』

今天有多忙，老闆娘不可能不知道，可還是不斷責怪蔡以坤。可憐的蔡以坤根本沒吃幾口晚飯，一路忙到現在不說，還要被人狂轟濫炸！

看著他面無表情的臉，簡俊儀心想他就是個性太好，要是發生在自己身上，自己絕對會……絕對會——

「給我五分鐘，先給妳清單，拜。」蔡以坤太明白老媽那種個性，沒跟她繼續囉嗦就擅自掛了電話。

最近真是又忙又累，找人找不到，病假一個回來另一個就請假，而且從她的語氣聽來，奶奶可能又找她麻煩——

「你哭什麼？」

蔡以坤皺眉看向站在旁邊的簡俊儀。

簡俊儀也不知道自己怎麼了，不斷用手臂抹去淚水，但還是止不住替他委屈的勢頭，「就、覺得、老闆娘太過分了吧！」

「……」蔡以坤完全沒有 Get 到他的點，只能看著他哭。

「上一次也是，什麼都怪你！明明你已經很努力了！到底在嫌你什麼啊！」

看著他的哭臉，蔡以坤愣了兩秒，突然大笑出聲。

簡俊儀從來沒看過他這麼開心的笑臉，嚇到眼淚都停了。蔡以坤笑著笑著就拿著手機走到冰箱前開始點貨，一句話也沒說。

「你笑屁！」

萬萬沒想到他的反應竟是這樣，簡俊儀氣急敗壞地走到他身邊。

「為什麼你不生氣?!」

蔡以坤不只沒生氣，臉上還帶著淡淡的笑容，「我媽沒錯，是我沒遵守時間，這樣沒辦法買菜作帳。」

「忙了一天還要被罵，怎麼可能沒事？為什麼要自欺欺人？」

「沒你說得那麼誇張。」

看他一臉無所謂的鳥樣簡俊儀就來氣，只可惜亦步亦趨地跟在他身邊，拿到手的卻只有他點貨時拿出來放在他手上的醃雞腿。

「二十一、五、十三，幫我記一下紅蘿蔔三、洋蔥五、配菜六。」蔡以坤說完就開始傳訊息給老闆娘，簡俊儀只能在一旁乾瞪眼。

「剛剛說多少？」蔡以坤故意問。

「紅蘿蔔三、洋蔥五、配菜六！」簡俊儀回得咬牙切齒。

蔡以坤傳完訊息後頭都沒回，直接走到外面櫃檯，只是語氣已經輕快多了，「第一，我來結帳，你來洗碗，分工合作。第二，記下加班時數。第三，打電話回家說太晚了住這裡。可以嗎？」

「可以……」簡俊儀已經氣不起來了，拿起手機劈里啪啦一陣狂打，然後就回廚房洗碗了。

戶外的風呼呼地吹，看來氣溫又降了幾度。簡俊儀縮著脖子，跟在蔡以坤後面跑進小屋，沒想到才一開門，就有一股暖氣撲面而來。

「哎？」

狗籠已經不靠牆放了，而是在房間正中間排成維持一點點距離的兩列，中間還夾著兩臺葉片式電暖器，每隻狗都懶洋洋地窩在各自的棉被上，看到有人進來也不叫，瞥了他一眼就繼續睡。

「你也對狗太好了吧……牠們不是有毛嗎？」

蔡以坤遞過浴巾，還有自己乾淨的T恤，「你也有啊。衣服要不要？」

感冒以來，蔡以坤溫柔體貼，很少鬧自己。太久沒體驗他的刺客型發言，簡俊儀被他雷得外酥內軟，白了他一眼，搶過浴巾、睡衣就往浴室去了。

✧

洗完澡進了他房間，蔡以坤坐在書桌前預習，簡俊儀才發現他沒有鋪地鋪，單人床上兩床蓬鬆的棉被看起來分外有吸引力。

可是一想到那又不是給自己睡的就很不爽。

「喂，你要我睡哪裡啊？」

「床上啊。」

他回得理所當然，反而是簡俊儀傻眼了。還來不及繼續問，他就走進浴室。

「那你睡哪裡？」站在浴室門外，簡俊儀突然覺得室內有點熱，有點怕要是真如自己所想，那晚上睡不睡得著，但又怕不如自己所想，是不是反而會害他在忙碌時期感冒。

水聲響起，蔡以坤好像回答了又好像沒回答，簡俊儀在門前來回踱步，若不是室內暖氣開得足，非得感冒不可。

「……」很怕自己再這麼走下去就要開啟徒步環島了，簡俊儀乖乖回房間。

房內的暖氣比較晚開，他抓著手機縮進被窩。熟悉的味道一下子盈滿整個鼻腔，簡俊儀用頭蹭著柔軟的被褥，不由得露出滿足的笑容。

難怪大家總說談戀愛就像失心瘋，明明什麼都還沒開始，就已經有那個症頭了。

——什麼都還沒開始——啊……

蔡以坤洗完澡進房後，就看到床上有一坨柔軟的隆起，不知為何原本緊繃的情緒就放鬆下來了。

「你幹嘛把頭蓋住？不悶嗎？」一把掀開棉被，就看到他癟著嘴拿著手機敲敲打打，「不要在黑暗中用手機。」

簡俊儀從善如流地按掉手機，放上床頭櫃，還是那個委屈的眼神，看著他不言不語。

他柔軟的髮絲在昏黃的燈光下看起來更好摸了，下巴埋在被子裡，顯得眼中那種欲語還休更加勾人。

「……怎麼了？」

話說出口，蔡以坤都有點驚訝自己竟然有這麼柔和的聲線，而他的手甚至已經不受控制地摸了上去。

他真的不是那麼沒有距離感的人，也知道在未經他人同意前不可以任意觸摸對方，但在頭腦思考之前，身體就已經行動了。

說來卑鄙，好險他應該是喜歡自己的。

雖然不知道自己這種無法控制想和對方靠近的心情，到底是不是喜歡，可他發現自己還滿喜歡這種感覺的。

「你要睡哪裡？」

簡俊儀沒有回答他的問題，而是拋出另一個問題。

「床上。」

「會不會太擠？」他這次就連鼻子都沒入棉被裡了。

蔡以坤想了想，給了他一個略經算計，卻又十分真誠的答案：「你抱起來很舒服。」

不等他再次開口，蔡以坤就進了被窩。加大單人床上擠了兩個成年男性還有兩床厚被，實在是太為難它的尺寸了。為了能睡得舒服點，蔡以坤很主動地將手臂伸到簡俊儀脖子底下，倏然拉近的距離讓簡俊儀屏息，又不敢張口抗議，怕自己嘴巴的味道會讓他不喜歡。

這未免太曖昧了吧？蔡以坤是這種亂撩人的油男人設嗎？

簡俊儀大腦轉到快當機了，最後還是向本能妥協，把頭埋進他的肩窩亂蹭，至少避免了口氣危機。

「別亂動，很癢。」不滿他像條蟲一樣亂動，蔡以坤雙腳雙手纏緊，將他緊緊固定在懷裡。

簡俊儀的臉貼在他的胸膛上，聞著他好聞的味道，感受他說話的震動，幸福到了最高點，就有點管不住嘴，調笑問道：「哪裡癢？」

蔡以坤再木頭，也知道他在開黃腔，本來波瀾不興的下半身突然來了反應。

不想要被他當成色狼，他騰出一隻手開始搔簡俊儀的癢，驚得他跳起來！

「靠！你不講武德！不要啦！外面很冷哎！」

「你哪裡癢？」蔡以坤平靜的口吻聽起來超嚇人，好像不老實回答就會繼續到他投降一樣。

簡俊儀眼淚都被逼出來了，趕緊回答：「肚子肚子肚子！」

蔡以坤聞言停手，緊盯著他的雙眼被窗外漏進的路燈燈光照得發光，就像黑暗中的狼。

簡俊儀被他帥到心跳漏了一拍，數著他的呼吸，突然鬼迷心竅地輕聲問：「要交往嗎？」

蔡以坤一愣，臉上的表情全都消失了。

簡俊儀在沉默中忐忑不已。

正當他心想是不是該說個「我開玩笑的」，又心想是不是該先從他懷裡出來，同時還在想我「還以為你對我這麼特別，就是喜歡我了」，兼之為自己不被他喜歡而委屈難過，又氣自己幹嘛亂看星座，說什麼「魔羯開始狂翻你SNS還留下記號，就是對你感興趣」，甚至相信「月亮星座一樣，就是擁有絕佳默契的天選之人」，還擔心從此之後兩人會不會形同陌路，就跟告白失敗的小珊一樣……過多思緒同時湧上，擠爆了他的腦袋，難得讓他當機了。

雖然蔡以坤無法參透他古靈精怪的想法，但還是看得出他的忐忑。雖然他平時油腔滑調，但自己不認為他會在這種事情上開玩笑。

從前自己不懂為何要騰出時間、精力與陌生人磨合相處，但現在看著他逐漸垮下來的表情，他好像懂了。

簡俊儀不是陌生人。

他是他喜歡的人。

自己喜歡跟他在一起，想看他各式各樣的表情。

蔡以坤收緊手臂，低下頭，在他額頭上印上一個吻。

「你不嫌無聊的話。」

簡俊儀先是感覺心臟開始加速，全身開始出汗，最後大腦才轉過來，明白他這是「Yes」的意思！

發現他整個人僵住不動，蔡以坤這次換親了他的嘴唇。

軟軟的、溫溫的，很清爽、很簡單的一個吻，卻讓人更加頭昏腦脹了。

同樣柔軟的嘴唇彼此相貼，卻好像連心臟都貼在一起了，簡俊儀感覺自己呼吸粗重，搞不好連鼻孔都擴大了，醜到不行——

「我可能很醜」的猜想讓他回過神，用力推開蔡以坤，以致於整個人差點跌下床。

「你你你你你太快了！」

蔡以坤眼明手快地伸手把他撈回懷裡，「這種事有順序嗎？」

「當當當當當然有！」近距離欣賞他的絕世帥臉，簡俊儀差點沒咬到舌頭。

總覺得他又開始陷入自我世界裡，蔡以坤用力搓揉他的頭髮，「你覺得要先怎樣再怎樣？」

他的聲音平穩中帶著期待，甚至能從兩人交纏的腿上感覺到他的隱隱興奮，簡俊儀這才真正意識到，他不只是個成功楷模過勞青年，還是個有著七情六欲的正常男人！

「至至至少沒有人剛交往就睡一起的！」

「我們交往前就睡過了。」

此話一出，簡俊儀非常確定他是在逗自己！可惜他大病初癒還累了一天，反應不如往常快，無法在唇槍舌戰中討得便宜，只能閉上嘴，以行動證明自己落於下風的不滿！

看他努力地從自己懷中爬出來、轉過身，蔡以坤笑了。

整個人貼上他的後背，環住他比自己小了一圈的身軀，甚至放任自己略有些存在感的分身卡在他雙腿間的縫隙，最後開玩笑地說：「這樣比較省空間。」

簡俊儀只覺得整個人好像快燒起來了。

這樣叫人怎麼睡啦！再這樣下去會死人的！

「快去買雙人床啦……」

聽著自己顫抖的聲音似乎還帶著哽咽，簡俊儀突然開始懷疑，自己是不是喜歡上一個非常不得了的對象了……

✧

隔天一早醒來，蔡以坤已經不在了。簡俊儀抱著棉被悵然若失，在床上滾來滾去，眼看時間差不多了，才從床上起來。

老闆娘已經在廚房備料醃肉了，看到他從裡面出來，和他道了聲早安，甚至還問他感冒好了沒。簡俊儀沒想到她在，有些尷尬地回應，等走到機車旁，他才想到應該是機車露了餡。

催動引擎……離開餐廳大門的瞬間，他突然有種不可思議的感覺。明明全是熟悉的風景，看起來卻分外陌生，好像來到新世界一樣。

昨天晚上該不會只是一場夢吧？

自己現在這是……脫單了嗎？

「哎……」

綠燈亮起，後面的汽車狂按喇叭，簡俊儀被嚇了一跳，這才趕緊催油門向前。路上的風景變得好慢，整個人像在飄一樣，強烈的不真實感比迎面而來的冷風更加強烈，腦袋完全無法運轉，連路都認不得了，甚至只能靠身體記憶騎車。

回家洗把臉，換了套衣服，他對著鏡子擦乳液的時候突然想到，自己是不是應該整理一些換洗衣物還有保養品放蔡以坤那邊啊？不然每次都要這樣騎車回家換衣服嗎？

可是我配件很多哎，他的衣櫃那麼小，看來要精簡一下穿搭……

哎不是，怎麼弄得好像要同居啊？才剛剛告白交往不是嗎？

而且他還沒換成雙人床……可是昨晚睡起來還滿舒服的……

等等等等不可以想床！太快了吧，剛交往就想到床！

……不過想到床，一定會想要色色吧？

不！不對！就說了才剛交往啊！啊!!

賴女士打著呵欠，要到廚房準備早餐，發現他坐在書桌前發呆，自己泡完早餐麥片後回來看，還是如同石化般一動也不動，不禁皺起眉頭。

他不會是發燒燒壞腦袋了吧？

早上十點前簡俊儀就進了教室，看到李承慶窩在角落用手機，馬上就湊了過去。

「誰啊？」

「幹，嚇死人！」李承慶整個人彈了一下，而後快速把手機收起來。

「神神祕祕……」簡俊儀看他那副德性就不爽，心想我的事才勁爆吧？我都沒說了，就你在那邊裝——才剛想到這件事，簡俊儀突然有種特別想要分享喜悅的衝動！

看他一臉不安分的樣子，李承慶趴在桌上，垂著死魚眼轉頭看他，「有話快講有屁快放。」

話已經衝到嘴邊，可簡俊儀突然就怕了，「……我是那麼隨便的人嗎？愛聽不聽。」

同性戀嘛，又不是沒聽過，連自己爸媽都懶得多發表感言，李承慶是自己兄弟，難道就連自己脫單都要瞞著他？而且這種爽到不行的好事竟然沒人可以分享，那人生還有什麼樂趣？雖然他家的確是比較「傳統」，但他應該不至於因為這樣就歧視別人吧？而且要是他又揪自己辦活動把妹，去是不去？

哎不對，他最近怎麼都沒揪我？

想到這裡，簡俊儀馬上就把上一秒的心事拋諸腦後，「你最近怎麼都沒揪我把妹？」

一說到這事，李承慶馬上就轉頭看向窗外，「你不是感冒嗎。」

「感冒前也沒揪啊。」

「有啊，萬聖節。」

「不是只是去喝個酒而已嗎，那哪算你揪的？」

「你毛很多哎，我沒心情也要跟你報告？」

話一出口，兩個人都愣住了。

上課鐘響，李承慶愣愣地轉回來看向簡俊儀，發現他的反應只有驚訝後，才癟嘴拿出課本。

「……中午吃什麼？」

「粥？」

「你姨媽來喔……」李承慶嘟噥，卻沒再說一個字。

天氣冷了，粥店人也多了，兩人只能外帶。走到一半，李承慶想起洗髮精用完了，反正粥太燙不急著吃，兩人邊走邊聊，進了藥妝店。

「哎，你到底怎麼啦。」一碰上好奇的事情，簡俊儀就有種挖到底的精神，把自己的事情都拋到腦後。

李承慶看起來很不想說，但看他一臉熱切，只能一邊在貨架間張望，一邊小聲說：「我被甩了。」

「啥！」竟然在我感冒的時候發生這麼好玩的事情！

李承慶從他的表情就能讀出話外音，瞪了他一眼，「敢說出去你就死定了！」

「是誰是誰？」簡俊儀根本不鳥他，興奮莫名。

「打工地方的同事。」

「啊，那個正妹啊……」

李承慶白了他一眼，「你這個外貌協會！不是她！」

「那是誰？」

「還有其他一堆女的，你瞎啦！」

努力回想一下，簡俊儀總覺得其他人有點面目模糊，「喔……那你還有看上其他的嗎？」

李承慶傻眼，「你當買菜？你是不是沒有喜歡過人？」

哇——一下子就切入這裡嗎？

簡俊儀作賊心虛不敢說話，幫他從貨架上挑了一個正在買一送一且品質還可以的牌子。

好在簡俊儀最近不是打工就是生病，一下課就不見人影，李承慶應該憋了很久，沒有計較他的反應，開了個頭就劈里啪啦地說下去。

「現在打工超尷尬的，可是人就這麼多，盡量避開還是會有排在一起的時候，調班表調得煩死了。」

聽到這裡，簡俊儀突然有個奇怪的感覺，歪頭想了一下，「我們店好像就是這樣。有個學妹好像在躲蔡以坤，昨天才在那邊改班表。」

說起那個有幾面之緣的蔡以坤，李承慶聳肩，「他應該習慣了吧，來一打拒絕一打，看他的樣子就不怕尷尬。」

「……也不是全部拒絕啦。」簡俊儀如今也說不準自己到底是想不想說，明明是開心的事還要這樣試探，的確有點煩。

「他有女朋友喔？不會是煙霧彈吧？他看起來根本對人類沒興趣！」

「你看人真神準啊……」

「直覺。」

八卦這種事，還是聽人家的比較開心。李承慶順手拿了特價衛生紙還有隱形痘痘貼，問簡俊儀：「哎，鈣片打折哎，要不要一起分？」

「你已經夠高了吧。」簡俊儀從架上拿了兩罐丟進籃子裡，轉頭就看到另一側的保險套。

「你什麼尺寸？」鬼使神差，簡俊儀突然問。

「當然是XXL啊！」

「幹，別豪洨！我說正經的！」知道他在講幹話，簡俊儀沒鳥他，隨便拿了一盒認真看。

「……我怎麼知道。問屁問。你要買來試戴喔？」李承慶也被勾起好奇心，拿了一盒0.02翻來覆去地找，「怎麼沒寫尺寸？」

簡俊儀早就上網查過了，手速超快地拿了一盒。李承慶眼睛超利，馬上就問：「你要買？」

「對啊。」簡俊儀盡量裝作若無其事的樣子，但臉早就紅了。

「你買幹嘛？」

「就你說的啊，試戴……」

李承慶只是心眼粗，並不是笨蛋，尤其他那副德性，看了就讓人討厭。

「尺寸不合還可以退喔？當然要整盒用完——啊！」他用力拍了簡俊儀的屁股一掌，笑得很賤，「幹，脫單不說喔？」

簡俊儀被打得痛死了，可是又不能生氣，「媽的，我脫單就要開直播是不是？不到十二個小時你想多快知道？」

「真假！」一路走來，李承慶大概是最知道他為了脫單、花了多少精力的人，現在笑得跟傻瓜一樣，「是誰是誰！這麼有眼光？」

「你不認識啦！穩定再說！你別發瘋，幫我瞬間恢復單身！」

「這個當然！我絕對不去搗亂！告訴我是誰就好！」李承慶低聲問：「打工地方的人？」

「嗯。」

「真的不告訴我？」

兩個男的站在保險套貨架前面竊竊私語、挑挑揀揀，你推我一下我打你一下，店員實在看不下去，直接走到兩人旁邊，拿起保險套一人塞一盒，然後就果斷走人。

他的背影如果有上字幕的話，一定是「不用謝我」……

直到再也看不見店員的背影，兩人面面相覷，再看看手上的保險套，同時笑了出來。

「靠北喔，你要找誰用？」簡俊儀看李承慶的臉也紅到不行，笑得很開心。

「買啦，就當練習啦！」殊不知李承慶也正為他相同的窘樣感到幸災樂禍。

李承慶彎腰拎起購物籃正打算去結帳，簡俊儀突然說：「是蔡以坤啦。」

李承慶眨眨眼，過了幾秒才消化過來，而後皺起眉頭，一臉嚴肅地搶過他手上的保險套。

「喂——」簡俊儀心如擂鼓，完全不知道他在發什麼瘋。絕交就絕交，有必要拿走我的保險套嗎——

他遞過一瓶潤滑液。

這次換簡俊儀愣了一下，好一陣子才意會過來！

「幹，你什麼意思!!」

✧

放學後，簡俊儀一如往常地和同學們揮揮手，走到機車旁拿起手機確認訊息，這才發現打工群組有超多訊息，點進去一看才看到老闆娘沉痛的通知。

『道路施工挖斷水管造成區域停水，今日臨時休息。』

這麼巧？我今天超想去打工的哎！

簡俊儀垂下肩膀，這才發現自己有好多話想跟蔡以坤說，例如李承慶真的很夠朋友，例如到底誰要在上、誰要在下——

……我是不是一整天都在想色色?!太扯了吧?!

還站在車旁對著手機發呆，蔡以坤的訊息就跳了出來，『一起吃晚餐？』

現在才下午三點，簡俊儀問：『你幾點下課？』

『五點。』

反正圖書館永遠為自己敞開。簡俊儀回：『好，我在圖書館。』

揹著書包在圖書館找了個角落，簡俊儀拿出課本，反正期末也不遠了，讀讀書圖個安心也好。誰知道和李承慶在藥妝店裡面的對話始終在腦中揮之不去，弄得他超煩的，半個字都看不進去！

放下課本，他決定在圖書館裡面找答案！

蔡以坤下課後就去圖書館和簡俊儀會合，遠遠的就覺得他的表情看起來怪彆扭的。

「想吃什麼？」

「不知道……」簡俊儀還沒從震撼中回過神來，走路都沒在看路。

「餓嗎？」

「好像有點。」一陣冷風吹來，簡俊儀拉上外套拉鍊。中午才吃過粥，小火鍋似乎又有點太多了，喉嚨還在乾咳，不能吃辣的炸的，這麼一來似乎沒什麼可以吃的……

「串燒要嗎？」

「要！」簡俊儀眼睛一亮，崇拜地看向蔡以坤，「你怎麼知道我會想吃串燒？」

蔡以坤最受不了他這種亮晶晶的表情，努力壓抑想要摸他頭髮的衝動，轉過頭面無表情地說：「走吧。」

簡俊儀才沒那麼好敷衍，亦步亦趨地跟著，想看他的表情。一個想看，一個不給看，就這麼邊走邊玩地走出了校門。

校門口餐館、便當店攤販林立，再走兩步就要到李承慶打工的地瓜球攤了。不知怎的，簡俊儀突然就很想看看他的女同事們到底長什麼模樣，於是拉住蔡以坤，兩人遠遠地觀察。

「你在看什麼？」蔡以坤只注意到他不聲不響地主動牽起自己的手，在心裡默默想著這招效果真不錯，一定要學起來。

「我在想李承慶喜歡誰。」簡俊儀一無所知地打量著李承慶，他和旁邊兩個女生忙得頭都抬不起來。

「要不要去買一份？」眼看排隊的人少了，蔡以坤提議。

「好。」

兩人走近攤位的時候正好沒人，只見簡俊儀覺得最漂亮的那個女生正在鬧李承慶，而李承慶滿臉不耐煩地撥開她的手。

「幹嘛那麼凶！」

「妳不要煩啦，我今天很累！心累！」

「怎麼個累法？」女孩看起來對他很有興趣，一直湊過去。

「妳不懂啦！我兄弟出事啦，我還要假裝沒事！」

「不好的事嗎？」

李承慶一僵，藏不住心事的臉上露出複雜的表情，「……好事啦，只是我需要一點時間。」

「到底什麼事啦……」

簡俊儀聽到這裡就聽不下去了，拉著蔡以坤轉頭就走。

他從沒想過直腸子李承慶的演技也有能夠獲得自己讚美的一天，難以想像他是怎麼壓抑震驚、只展現祝福的！

媽的這個混帳！這不是挺帥的嗎！

眼眶有點熱熱的，他牽著蔡以坤，低頭快走。

一連過了三個路口，走到串燒店前面他才停下。店裡人滿為患，蔡以坤硬是找到了靠角落的兩個位子坐下。

「牛肉、雞肉、花椰菜各四串，雞軟骨、四季豆、豆干各兩串，再一個馬鈴薯。」蔡以坤邊念邊畫菜單，簡俊儀這才回過神來。

「你中發票喔！點這麼多！」

這間店因為白飯吃到飽的緣故，學生通常都只點個兩、三串「吃飯」，沒看過有誰跟他一樣真的要「吃串燒」的。在生病時看過一堆摩羯座攻略的簡俊儀知道他是真心想讓自己開心，可還是有點良心不安。

「吃不完我吃。還要什麼？」

看他一臉認真地替自己著想，簡俊儀突然好想抱住他、蹭蹭他！沒想到他卻突然側頭在他耳邊小聲說：「再這樣看我，我就要親你了。」

簡俊儀整個人瞬間「轟」地一聲全紅了！尤其是最後還被他偷親一口的右耳！

發現這招奏效，蔡以坤突然有點得意，心裡突然非常非常非常地好奇，要是自己說了平常絕對不可能說出口的話，簡俊儀會有什麼反應。於是再次湊到他耳邊，用自己覺得最肉麻、最做作的低音，小聲道：「跟我在一起的時候不要想其他人。」

砰！

這次，簡俊儀全身一震，直接從椅子上跌下來，一臉震驚地跌坐在地上。

看他一臉茫然地望著自己，蔡以坤的內心突然湧上一股想拐他回家的衝動！

「腳軟了啦……」聽到簡俊儀帶著哭腔的哀求，蔡以坤這才回過神，將他扶回椅子上。

這次簡俊儀不敢再看他，整個人縮得小小地靠在牆角，無聲地推了推菜單，要他快點去點菜。

拿著菜單走到櫃檯前，短短幾步路，蔡以坤突然有種難以言喻的興奮，這才發現自己心跳加速，手也在抖！

難怪這麼多人都想談戀愛——原來談戀愛真的超好玩！

第六章

Chapter.6

隔天放學後，簡俊儀特地先回家拿東西，而後才帶著大包小包的行李去上班。

說來有些害羞，但行李當中的確藏著不少「必需用品」。經歷過這幾天的震撼教育，簡俊儀深刻體會到蔡以坤是個不折不扣的肉食男！什麼不想要交往啊、只想顧工作顧課業啊，什麼運動就可以啊，全部都是個屁！

為了不讓自己屁股開花，他已經認真研究過了，必需品也買了，就是爸媽這幾天都在家，所以無法實際嘗試習慣而已……

哎，我已經默認自己要當「受」了嗎？第一次當同性戀就上手？

我也是男的哎！這也太不公平了吧！

這種種疑問在他踏入餐廳、看到蔡以坤後全都煙消雲散！

不知道是不是因為自己，蔡以坤看起來更帥了！向來很有氣勢的單眼皮看起來只有滿滿愛意，對著自己像是會發光一樣，帥氣的臉上甚至露出迷人的微笑。

哇！他不是沒什麼表情嗎？怎麼能這樣說變就變啊！

還傻站著欣賞帥哥，身旁就傳來：「俊儀九桌點餐！」

琪琪學姐快速閃過的身影打破了他的粉紅泡泡，簡俊儀只好趕緊到後場放下行李，加入了戰場。

晚餐時段前的準備時間，突然來了一輛小貨車。正在櫃檯用餐巾紙包餐具的簡俊儀看著蔡以坤火速衝出門，然後就領著工人搬著看似床墊的東西往小屋去。

然後隔不到三分鐘，又來了一輛車，帶著不知道什麼東西，也被蔡以坤領走了。

「蔡以坤呢？」老闆娘從後場出來，這幾天忙到黑眼圈都跑出來了，聲音也有氣無力。

「有人送東西來……」簡俊儀也不知道該怎麼回，心臟怦通怦通地跳。

「我不記得有訂什麼啊？」她嘟噥著走回後場，徒留忐忑的簡俊儀。

是床！一定是雙人床！

快手快腳地包完全部餐具，簡俊儀跟琪琪說了一聲「我去幫忙」，就往小屋去。一開門，迎面而來就是激烈的狗吠——還有一張單人床墊。

「簡俊儀？來幫忙！」

蔡以坤的聲音從房內傳來。單人床被放在外面，房間裡的桌椅也被搬出來了。原木雙人床架看起來很高級，就是床墊的角度不對，光憑他和兩位工人沒辦法搬進去。

好不容易安置好床墊，簡俊儀氣喘吁吁地環顧四周，這才發現另一個站在角落的工人原來是窗簾行的，正在裝窗簾鉤。

「老闆娘知道你一次買這麼多東西嗎？」

「這裡主要是我在住，東西也是我付錢，沒差吧。」蔡以坤俐落地抓起四散的塑膠膜和廢材到牆角集中，去浴室洗手。

自從交往以來，兩人過著和以往相差無幾的生活，在學校偶爾約個午餐或晚餐，放學後就在餐廳共事，生活步調完全沒有改變，甚至交流時間也沒有增加。雖然蔡以坤對此鬆了一口氣，但若想提升相處品質，只有升級房間硬體、增加他休息時的滿意度這個方法了！

從這方面來說，這筆錢花得真是太划算了！

回到房間，簡俊儀還愣著。

原木家具不便宜，床墊的品牌連自己都聽過，簡俊儀對他的大手大腳感到驚訝，茫然地問：「原來你是有錢人嗎？」

沒想到他的結論竟然是這個，蔡以坤啞然，「我從小就開始工作，一點存款總是有的。別擔心錢。」

從來只有李承慶嫌他花錢如流水，簡俊儀對他的理所當然很不習慣。自己這是……釣到金龜婿了？

床擺好了，鐵灰色的遮光窗簾一掛上，房間又成為簡俊儀熟悉的樣子。兩人一起拿著廢棄包材、領著工人離去，途中蔡以坤低聲道：「下班之後幫我整理房間？」

簡俊儀原本就是這樣盤算，不然也不會帶行李來了，瞥了他一眼道：「算打工費嗎，小老闆？」

蔡以坤笑了，眼中精光一閃而過，「看你想用什麼結算了。」

撇除打工真的很忙以外，接下來的日子簡俊儀簡直不能更快樂。

自己的行李進駐他簡易衣架的一角，寢具也折衷地買了兩人都喜歡的淺卡其色，雖然因為期末將近的緣故還沒過過夜，但自己也趁休息時間，在雙人床上滾過好幾次了！

除此之外，蔡以坤真的很會照顧人，知道自己喜歡吃他做的菜，即使是早班的日子，也會準備便當讓他帶回家吃，連帶爸媽也受惠。

「你只要帶吃的回家，外宿我也不管你了。」賴女士剛下班，身上的套裝都還沒換，懶在沙發上吃得愜意。

簡俊儀瞪了她一眼，「妳明明就從來沒管過好嗎！」

「管你有用嗎？要是我管你，你會自己報備行蹤？」賴女士把空便當盒拿給兒子，「洗乾淨點還人家啊。」

「……」簡俊儀被老媽的厚臉皮氣得不輕，可不洗還是自己吃虧，只能嘟著嘴去廚房洗碗。

隔天午餐把這件事跟蔡以坤說了，他卻只回答：「那要多做幾份嗎？」

簡俊儀真是會被他的實在給氣死。

「我在說我老媽太過分啦！」話才出口，簡俊儀才想到這傢伙的老媽才是最會壓榨他的大魔王！

「還好吧。」蔡以坤果然沒當回事，「你今天晚班，要留下來過夜嗎？」

簡俊儀這才明白，這傢伙的重點從來就放在「簡俊儀可以外宿」這件事上！

「……我報告還沒寫完。」

簡俊儀萬萬沒想到，自己身為男人，竟然也有在心裡罵男人心裡只有色色這回事——

即使兩人到現在還只有嘴唇碰嘴唇，但他還是十分有危機感。

從他的表情就能看出他在想什麼，蔡以坤在心裡辯駁自己只是想抱著他睡而已……可是抱著睡解釋起來更歪了，只能岔開話題。

「你們期末什麼時候結束？」

「一月五號。你咧？」

「表定五號，但還有一個報告七號要交。」

「拖這麼長啊？」點開班表，簡俊儀突然問：「你生日不就快到了？」

蔡以坤很少特別過生日，被他這麼一說，才發現的確如此，「喔，對啊。」

對他平淡的反應感到不可思議，簡俊儀小心翼翼地問：「你都怎麼過生日？」

「一樣吧，上班上學。我媽都說生日是母難日，要慶祝也是她慶祝。」

「哇……」簡俊儀的生日都和同學朋友一起過，爸媽雖然沒空理他，但KTV包廂、蛋糕、大餐全都會出錢，想都沒想過會有要兒子幫老媽慶祝的戲碼。

蔡以坤已經習慣別人的反應了，但他也是真的無所謂。

「你好歹生日別上班吧？」

「年末聚餐多，餐廳需要人手。」

簡俊儀皺眉，想了想後說：「不然今年我幫你過吧？租個包廂、開幾瓶酒、找幾個朋友唱整夜？」

蔡以坤終於忍不住了，伸手摸了摸他的頭，「我怕我會睡著，不用了。」

都忘了他是健康寶寶……簡俊儀忍不住有些挫折。

可是他所認知的慶祝活動大部分都在晚上，白天要幹嘛？晨跑登山？總不能讓他在自家餐廳過生日吧？當班的同事還要湊過來唱生日快樂歌？老闆娘再湊過來吐槽幾句？

見他如此認真地煩惱，蔡以坤滿心暖意，在長桌的遮掩下勾起他的手指，安撫道：「有你陪我就夠了。」

明明在構思該怎麼替他過生日，壽星本人卻來個出奇不意的撩！這樣對嗎？

簡俊儀被自己的容易驚呆了，忍了一下，才輕輕踢了他一腳！

「幹嘛？」

「……」簡俊儀癟著嘴，恨不得再打他幾下，可這動作太娘了，他做不出來！可嘆到現在他才明白，女孩子害羞的小拳拳是什麼樣的心情！

莫名其妙被踢了一腳，蔡以坤也不生氣，施施然收拾滿桌的殘局，起身扔垃圾去了。

✧

忙碌的期末飛也似的過了，簡俊儀這才發現，自己在工作的忙碌之中，課業表現竟然變好了！連帶的，對人際關係的依賴也消失了！那些不斷冒出頭的訊息再也不像從前那樣、如同氣泡般虛無地困擾自己，打工時蔡以坤偶然的肢體接觸，反而讓他漂浮的心踏實不少。

「我搞不好是個天才……」

一月七號，他和李承慶用系辦的電腦查成績，當他看到一堆八字頭的瞬間，忍不住感嘆！

「還以為你會退步咧。」李承慶「嘖」了一聲。

「哼哼！」

看不慣他得意的樣子，李承慶甩上書包就走，簡俊儀追了上去。

「喂，跑那麼快做什麼？」

「我腿長。」李承慶回頭做了個鬼臉，「還以為你脫單成績會退步，是不是根本沒約會？」

仗著四下無人，簡俊儀同樣回他一個鬼臉，「也不想想我在和誰交往？蔡以坤是系排第三，還是餐廳老闆！打工當約會，有為青年！」

從他坦承之後，李承慶還沒什麼機會跟他談到蔡以坤的事，原本以為自己已經做好心理建設，但乍一聽，還是對他這種「炫耀男友」的態度有點衝擊。

簡俊儀察覺到了他那零點一秒的僵硬，很快就收斂態度，聳聳肩，「我要去打工了。」

課程已經結束，只剩下明天的導師時間，簡俊儀不趁此機會出去玩，實在很不尋常。

「你該不會寒假也要打工吧？」

「怎麼？你要找我湊人數？」

李承慶滿頭黑線，「你腦袋裡面就不能更有營養一點嗎？我沒心情啦。」

想起那個明顯對他有興趣的正妹同事，簡俊儀忍不住點了點他，「快點調適心情，我覺得你有個同事跟你有戲。」

「……滾吧你！」李承慶心想，看他這次的表現，下次死也不跟他說了！

圓潤地滾去餐廳後，簡俊儀在上班之前，先去小屋加了件外套。出門的時候，正好蔡以坤也來加件衣服。

「原來你也會怕冷？」夏天出生的簡俊儀早就把自己裹得像顆球，這幾天寒流來，他就連打工時都穿著羽絨外套。

蔡以坤穿著黑色高領發熱衣，外頭是件淺灰色毛衣，穿上黑色刷毛連帽外套後一臉好笑。「沒你那麼怕就是了。」

像簡俊儀這樣穿搭鮮豔的男生本就不多，冬天的衣服又更加深沉。看著蔡以坤一身灰階，他靈機一動：「我帶你去買衣服吧！」

沒想到他還在想幫自己過生日的事，蔡以坤長腿一跨，以迅雷不及掩耳的速度將他堵在衣架旁的牆角。

「幹、幹嘛？」

簡俊儀被他倏然逼近的俊臉嚇得心跳加速，連聲音都變了。對著逐漸接近的氣息，不由得緊張地閉上眼——

看他這麼緊張，蔡以坤愉悅地瞇起眼。簡俊儀反應豐富，就連緊張地顫抖著的睫毛都越看越可愛，要是更進一步，不知道會有什麼反應？

「……？」沒有預期中的碰觸，簡俊儀疑惑地睜開眼，卻在對上眼的同時，看到他眼中的笑意。「你要我啊——！」

和之前蜻蜓點水的吻不同，趁他鬆懈了防備，蔡以坤大舉攻城掠地。柔韌的舌一與他的黏上，就再也無法分開了。

簡俊儀全身發麻，鼻腔裡滿是他的味道，舌根被吸吮輕扯的感覺舒服到不可思議，迷濛中似乎還發出了很丟臉的鼻音。

「唔……嗯！」

一手抱緊逐漸往下滑的簡俊儀，一手按住他的頭不斷搓揉，蔡以坤享受地不斷進攻他內側和上顎深處的軟肉。

原來接吻這麼舒服……這麼讓人欲罷不能。

簡俊儀混亂中放在自己肩上的手已經攀不住了，隨著他整個人往下滑。

正想坐在地上繼續接吻，就聽到外面門被大力打開的聲音。

「蔡以坤！你要換衣服換多久?!」老闆娘「砰」的一聲開了門，朝裡面大吼，「還有簡俊儀來了沒？他遲到十分鐘了，你關心一下！」

看著癱軟在牆角喘氣的簡俊儀，蔡以坤這才良心發現，將他一把拉起。

簡俊儀全身無力地靠著他，氣喘吁吁地小聲問：「……小老闆，我這樣算遲到嗎？」

看他嘴唇紅腫、淚眼汪汪，蔡以坤又想吻他了。「去廁所冷靜一下再上班，錢我出。」

自此之後，兩人的接觸迅速升級。簡俊儀不用去學校後排班也變多了，只要蔡以坤也在，就會趁著休息的空檔到房間親熱。千幸萬幸天氣冷，要是沒開房內暖氣，實在提不起勁脫衣服，因此兩人除了變著法子接吻以外，還沒有更進一步的接觸。

但這也只是時間早晚的問題，簡俊儀很清楚。

因為蔡以坤的生日要到了。

雖然他說不需要禮物，但一月十二號時簡俊儀還是姑且買了個小蛋糕，躡手躡腳地偷偷冰在冰箱裡。

新聞帶來的熱潮才剛過去，聚餐季就來了，客人依舊很多，大家連休息的時間都沒有，直到匆匆被喊去吃飯的時候，簡俊儀才有空看了看窗外。

靛色的天空只剩下幾縷橘黃的彩霞，斜斜地透過落地窗飄進室內。明明是冬日難得的晴朗傍晚，卻讓他緊張。

「你買了蛋糕？」蔡以坤悄悄走到他身邊問。簡俊儀略帶羞澀地點點頭，沒想到他卻說：「我媽剛剛發現了，說想要跟你買，因為她忘記買蛋糕了。」

簡俊儀一時也說不上這是什麼心情……不過也罷，六吋蛋糕應該還夠分吧。

「俊儀不好意思啊，我最近真的太忙了！」一進到後場，老闆娘就迎上前來。看著她深深的黑眼圈，簡俊儀在心裡嘆了口氣，家裡做生意大概就真的只能接受吧，難怪大人總說有錢也沒時間花。

「哇！這個牌子的蛋糕很貴吧！」小珊學妹已經回來上班了，雖然和蔡以坤疏遠不少，但還是一如既往地可靠。

「還好吧，好吃最重要。」蛋糕的價格不提，他可是指定了花樣的。

眼看老闆娘一把就要打開蛋糕盒，簡俊儀趕緊阻止她，「等蔡以坤來了再說吧。」

「他來了誰顧外場？切一片留給他就好了。」

為了避免壽星本人連蛋糕的最後一眼都沒見著，簡俊儀趕緊自告奮勇地走出去，「我顧我顧！」

蔡以坤看他出來就知道發生什麼事，輕拍他的背將他往回帶，「一下子沒關係，走吧。」

就這麼幾步路的時間，老闆娘已經快手快腳地把蠟燭點上了。

圓形蛋糕表面以漸層卡其色為底，上面飾以淺黃與白色的素雅花卉擠花，枝條的布局十分眼熟，恰恰就是蔡以坤的通訊軟體頭貼！

沒能讓蔡以坤先欣賞一下美麗的構圖，簡俊儀扼腕不已，正想跟蔡以坤說兩句，就看到他紅紅的眼眶。

「……」

一個蛋糕，至於嗎？

蔡以坤向來冷靜自持，不輕易顯露情感。即使從小就沒過過生日，簡俊儀也很難想像他會感動至此，可見自己送訂製蛋糕還真的送對了——

簡俊儀還來不及說話，就被他當著所有人的面一把抱住。

眾目睽睽之下，簡俊儀被他鐵條似的手臂勒得快不能呼吸，於是故意滑稽地大聲呼救：

「救命！我肋骨快斷了！」

蔡以坤恍若未聞，又多抱了他幾秒才放開，還可疑地吸了吸鼻子。

好在大家都沒多說什麼，很有默契地小聲唱起了生日快樂歌。只見蔡以坤閉上眼、雙唇開闔快速許了個願，「呼」地吹熄了蠟燭。

「咦？你只許一個願？」

聽簡俊儀發問，老闆娘也很疑惑：「不然要許幾個願？」

「三個啊！」簡俊儀、琪琪和小珊異口同聲地喊道。

看來在場只有三個打工仔這麼想，包括劉伯都一臉摸不清頭腦。

「只要靈驗，一個就夠了。」蔡以坤毫不拖泥帶水地拿起蛋糕刀，切下第一刀後，拍了下簡俊儀的肩膀就回去站櫃檯了。

✧

寒流來襲，打烊時間一到，大家都走得毫不留戀，只有簡俊儀的方向相反，先去小屋開電暖器。

站在充滿蔡以坤味道的房間裡，簡俊儀深吸了一口氣。因為雙人床的到來，書桌椅移了位置，走路的空間所剩無幾，放置電暖器的位置也要多加注意。

口袋裡的手機響了，是蔡以坤。

『你先洗，我結帳還要一下。』

「喔……那你快點。」

電話那頭的蔡以坤沉默了一陣，然後才輕輕地「嗯」了一聲掛上電話。

不知道他有沒有察覺到自己的言外之意，簡俊儀突然覺得心跳跳得好快。

帶著必備用品前往浴室，白晃晃的日光燈下，簡俊儀站在狹窄的浴室裡，內心十分糾結。

真的要做了嗎？

依照之前在家裡練習的進行清潔準備，他在等待時還把澡也洗好了。說實在的，清潔內部真的超級不舒服，很難想像真的用那裡做會有什麼好的感受。

等蔡以坤結完帳，回到房間找不到人，前來關心他怎麼洗這麼久時，看到的就是他坐在馬桶上，雙手摀臉的痛苦模樣。

「不要勉強。」

沒想到他說出的第一句話竟然是這個，簡俊儀抬臉瞪視！

做了這麼多功課，甚至還在家練習清潔，你他媽在說什麼鬼！

被他想殺人的眼神驚到，蔡以坤趕緊關門，回房默默等待。

等簡俊儀從浴室出來、換蔡以坤洗澡時，都已經晚上十點了。吹完頭髮後，看著書桌上放的兩個紅酒杯和已經倒出來的酒，他突然有種鬆了一口氣的感覺。

蔡以坤大概也有點緊張吧。

還坐在床上發呆，蔡以坤就出來了。他遞給簡俊儀一杯酒，而後與他輕輕碰杯。「謝謝你的蛋糕。」

沒想到一個蛋糕就讓他這麼感動，簡俊儀突然有些不好意思了。拿起輕薄透亮的酒杯輕輕晃動，深沉的紅在暖光的照射下散發美麗的光澤，讓氣氛更加曖昧。湊近杯口嗅了嗅，微澀的丹寧味帶著花果香飄來。

「哪來的酒？」一般大學生可能不懂酒，但跟著父母吃喝不少好料的簡俊儀即使沒有認真學過，也能從酒體醇厚的層次感覺出它的價值。

「我爸留下來的，就當是我的生日禮物了。」

趁著蔡以坤吹頭髮，簡俊儀小口小口地啜。可能是從傍晚才開始醒的，喝起來還有點澀，但等舌尖的澀味散去後，鼻腔裡卻縈繞著十分豐富的莓果香氣。

放下酒杯，他本想稱讚一下蔡以坤的品味，順便問問他怎麼還會這個，可一對上他直勾勾盯著自己的雙眼，就突然什麼話都說不出來了。

簡俊儀穿著和自己成套的睡衣，抱著膝蓋坐在床上，紅酒紅色的光暈在他臉上晃蕩，乖巧的模樣和平常的活潑形成極大的反差。

蔡以坤放下吹風機爬上了床，在獨立筒彈簧輕柔的震動中，手指伸入他同樣帶著溼氣的髮間，而後吻上他帶著淡淡酒香的嘴唇。

「嗯……」

厚實的舌熟門熟路地纏上，簡俊儀閉上眼，心如擂鼓。他已摸透自己口腔裡的敏感點，從一開始就沒在客氣，不過幾秒簡俊儀就軟倒在床上。與此同時，蔡以坤帶著涼意的手從上衣下襬探入，弄得人有些癢，想要躲開，才發現他已經將自己箝制住了。

交纏的下半身彼此輕輕摩娑著，缺氧的暈眩比酒更令人迷醉。

一吻結束，蔡以坤撐起上半身，凝視著自己的成果，正眼神迷茫地輕喘著；而籠罩在他陰影下的簡俊儀也看著他，背著床頭燈曖昧的黃光，紅潤的嘴唇還帶著溼亮，配上他難耐的眼神，情色到了極點。

簡俊儀向來受不了沉默，卻在他的注視下，深刻感受到這種性張力的迷人。

試著將手放在他睡褲的褲頭上，蔡以坤發現他沒有反抗，這才輕輕拉下。不出所料，中途碰到了一點阻礙，看到他內褲上的溼痕，他顯得很高興。

兩人都是處男，第一次就挑戰難度很高的同性性行為，蔡以坤沒他那麼勢在必得的決心。看他剛才那副煎熬的樣子，他並沒有把目標設在「插入」，反正山高水長，總有一天會是自己的。

不甘於只有自己被看，簡俊儀也拉下他的睡褲，當看到他的帳篷後，有些不可置信地拉下他的內褲。

「好大！」

「……」

前陣子還是忍不住偷看了「巨屌」標籤的蔡以坤不說話。相較之下自己真的只是普通而已。只不過小老弟受到簡俊儀的稱讚還是很開心，顯得越發精神。

對自己脫口而出的感想感到羞恥，簡俊儀草草丟下一句「比我大的就算」，便挺腰把自己的靠了上去。

這種方式對兩個人來說都比較容易，也比較沒有壓力——沒想到這一切都只是想像！真的碰觸到彼此後，他們才發現先前都想得太簡單了。

「嗚！你不要……用這麼快！」脆弱的性器才剛靠上，從未體驗過的觸感就讓人幾乎要叫出聲，更別說迥異於個人習慣的套弄手法了，不過三兩下，簡俊儀就淚眼汪汪地求饒。

「你看起來很舒服。」蔡以坤低頭吮著他輕啟的嘴唇，聲音中飽含色欲，激得人頭皮發麻。

簡俊儀想要反擊，可四肢無力，雙腿大張，只能被他搓得不停呻吟，連話都說不清楚。

「你東西放哪裡？」

迷糊之間，簡俊儀聽到他這麼問，突然有種他也做了功課的安心感。伸手到枕頭下拿出保險套與潤滑液，他已顧不得羞恥了，滿心只有想要快點高潮的急切。

微涼的潤滑液沾溼手掌，讓亢奮的分身發出丟人的水聲。簡俊儀聽著自己與蔡以坤的粗喘逐漸對上了拍，更加無法克制從下腹湧上的衝動。正當他逐漸放開理性、不想再忍耐時，溼滑的手指碰觸到他緊閉的後門。

「！」

發現自己嚇到他了，蔡以坤低頭邊吻邊說：「聽說一起用比較不會難受，要試試看嗎？」

簡俊儀在圖書館看的內容比較學術，倒沒有提到這種技巧上的知識，因此只能輕輕「嗯」了一聲，怯怯地再次分開膝蓋。

對他的配合與忍耐，蔡以坤只有滿滿欣喜。溫柔地吻遍了他的五官，待他舒緩後，才在他耳邊低聲預告：「放輕鬆。」

藉著潤滑液的幫助，手指很順利地探了進去。穿過緊閉的洞口，內裡柔韌熾熱的觸感讓蔡以坤期待地起了雞皮疙瘩。

「會痛嗎？」

「……還可以……」

簡俊儀的口是心非馬上就被識破，蔡以坤低下頭輕啄他的嘴唇，同時搓揉他的分身。好喜歡好喜歡的氣味盈滿全身，簡俊儀無法控制脆弱的淚腺，眼淚沾溼了兩人的臉頰。以唇承接他的淚水，蔡以坤問：「要不摸前面就好？」

「沒關係……」

黏膜被複數手指撐開的感覺怪異無比，雖然不痛，但比痛還要更令人難以忍受。原本高高翹起的分身已經提不起勁了，夾在兩人中間不上不下，怪可憐的。

蔡以坤本來就沒有特別想進去，畢竟要是有了不好的經驗，想要有下次就難了，因此還在磨磨蹭蹭地摸索他的敏感點，讓簡俊儀氣地咬了他一口！

好在蔡以坤並沒有什麼惡劣的癖好，硬要逼他說出淫蕩的臺詞，只長嘆一口氣，抽出手指後將男根靠上。

「會痛就推開我。」

「你再不快點我就要踢你了！」

聽他的聲音還滿有活力的，蔡以坤才終於安心，緩緩將性器往前頂。

兩人都沒有過經驗，對這種感覺都很陌生，若不是先前做過擴張，應該難以一次進洞。聽到他呼吸短淺、不斷抽氣，蔡以坤不斷給予甜甜的親吻，以無比的意志力，緩慢到宛如刑罰般的速度，進入他同樣青澀的身體。

「好了沒？」簡俊儀腹部不敢用力，只能用氣音問。

「還沒……」

向來奉行長痛不如短痛的簡俊儀簡直快被他逼瘋了，一邊用接吻止痛，一邊催促：「唔……你快點啦！」

斗大的汗珠從鼻尖滴落，蔡以坤很難得感覺到無助。可還能怎麼辦？他的裡面又熱又緊，要是太快進去，自己馬上就會繳械！

眼看他是沒有要配合的意思了，簡俊儀眼一閉、心一橫，雙腿環住他的腰，腳跟往他的屁股上就是一踢！

「嗚！」突如其來的一插到底讓兩人都眼冒金星！簡俊儀全身都麻了，再也使不上力，後穴也因此放鬆不少。

「——幹！」

認識這麼久，簡俊儀第一次聽蔡以坤罵髒話，淚眼迷濛地睜開眼，想看清楚他此刻的表情，誰知還沒看清楚，就被他一把抱住，彷彿被擠壓到極限的嘶啞嗓音，惡狠狠地在耳畔低吼：「你自找的！」

還來不及反應過來，簡俊儀就感覺整個人被他抱在懷中大力搖晃，哭著挨了好幾下肉棍，才後知後覺地想起蔡以坤的體能比自己好不知道多少，這樣明天自己會不會不能走路——

「嗯、啊、不行、嗯！」

整根插入的感覺實在太爽了！蔡以坤第一次知道什麼叫做無法忍耐！

等他回過神來，已經按著簡俊儀的肩膀大力衝撞，完全無視於他的呻吟求饒，硬是幹到自己射精了才停下。

「……抱歉。」

待快感的衝擊稍退，蔡以坤氣喘吁吁地親吻他汗溼的額頭，伸手拂去他睫毛上的淚珠，而後毫不拖泥帶水地退了出來。

簡俊儀整個人從床中央被頂到了床頭，雙腿大開，半句話都說不出來，一股勁地喘。

他只覺得自己像從水裡被撈出來的一樣，尤其是下半身，不知何時被搓射的分身垂軟，腿間糊成了一團。

「等我一下。」

蔡以坤說完就下了床，沒過多久就端來一盆溫水，替他擦了全身，就連剛剛被大力進出過的後穴都被搗熱的溼紙巾擦過。他的服務太過細緻快速，簡俊儀甚至來不及害羞，就被光溜溜地塞進被窩。

看著他端著水盆離開的背影，簡俊儀突然有點想哭。

自己是不是表現得很不好，一直哭個沒完，讓他草草了事之後還要照顧自己。他說不定本來就對男生的身體沒興趣，結果人生的第一次卻是這種程度的回憶……

蔡以坤擦完澡回到房間，就看到他抽抽咽咽，於是問：「你怎麼了？」

簡俊儀吸了吸鼻子，「……沒事。」

想也知道不可能沒事，只是他從來猜不透他那些心思。外頭冷得要命，蔡以坤窩進被窩，想抱著他溫存，沒想到卻被推開。

是因為剛親密接觸後的緊張嗎？

蔡以坤從善如流地自己躺好，然後摸索他的手。沒想到東摸摸西摸摸，都摸到他的肚子上了，還找不到他的手。

反正牽不到，蔡以坤索性將計就計地將手放在他的肚子上，果然過沒幾下，簡俊儀就抓起他的手要丟開，正好被他逮個正著。

「你還好嗎？」

「……」

看他癟嘴轉頭就是不說話，蔡以坤繼續猜，「我的表現不好？」

兩個處男還能要求些什麼？簡俊儀心裡其實很明白這個道理，可他抽離得太快，那種情潮退去後的彬彬有禮特別傷人。

「……你不是沒有滿足嗎？射完就走了……」

猜了半天，蔡以坤完全沒往這方面想，不由得嘆了口氣，「你想太多了。」

簡俊儀聽到他的嘆氣，心裡更難過了。他只是不想直說，其實已經覺得自己煩了！剛做完第一次就要分手了嗎——

還在胡思亂想，蔡以坤長臂一環，就將他拉進自己懷裡，讓簡俊儀嚇得瞪大了眼。

「你不是想讓我滿足嗎？」

平靜卻隱藏著滿滿欲望的低音如同舔舐般震動鼓膜，發現他抵著自己大腿的老二越來越硬，簡俊儀回想起剛才在體內的觸感，不禁渾身發麻。

「所以你剛才果然沒有滿足——」

追擊般的親吻纏人地黏上，腦袋彷彿都要融化般的舌吻，輕易地堵住他聒噪的嘴。

「很滿足。我只是怕你累了。」蔡以坤再次打開潤滑液的瓶蓋，沾溼了手指。溼潤的手指在黃燈下閃著淫靡的水光，黏稠地牽著絲。

「既然還有精神，那就多做幾次吧。」

輕易地制伏了簡俊儀虛弱的反抗，蔡以坤扯下他的褲子，很快就進去了。

第二次比第一次還要更加順利，他頗有餘裕地變換角度。資料上都說想要碰到前列腺就要往前頂，背後位會更容易找到，可是簡俊儀死命抱著自己，扒都扒不開，看來今晚換姿勢是不可能了，只能盡量從下往前頂——

「嗯！」

肚子深處傳來一陣痠麻，簡俊儀渾身一僵，再次被逼出眼淚——只是之前是痛的，這次是爽的。

對上他不可置信的眼神，蔡以坤沒有放過他截然不同的反應。看來剛才他雖然射了，但並沒有真的感覺到舒服。在心裡默默反省自己的經驗不足，這次一定要讓他爽到忘記那些亂七八糟的胡思亂想！

「這裡嗎？」

「嗚！……啊……」

這次他抵著那個點慢慢地磨，簡俊儀的嗚咽立刻就帶上了淫氣。發現自己找對地方，蔡以坤眼睛都亮了，低頭親了他蹙起的眉頭好幾下。

「你剛才不也沒有滿足嗎？」

感覺到他緊緻的內壁吸緊自己的肉棒，蔡以坤再也無法維持平常心，語氣既興奮又難耐，不過為了不要重蹈覆轍，他只敢小幅度緩緩戳刺。

「……唔……」

原來這才是你舒服的表情……蔡以坤含住他的舌頭，聽他隨著自己的動作發出如同小動物般的鼻音，內心生出油然的滿足。強烈的情緒驅使下，他緩緩加快速度。

上下兩張嘴都被塞得滿滿的，簡俊儀第一次知道什麼叫做舒服到難受！因為腹部無法用力，連聲音都發不出來，只能不斷拍打蔡以坤的背，卻被他解讀為催促。粗硬的肉棒硬邦邦地撞擊敏感的軟肉，意外開啟了快感地獄模式。

初次體驗到快感的地方被毫不留情地猛烈攻擊，簡俊儀喘到說不出話來，如同電擊般的刺激讓他全身發抖，一湧而上的酥麻讓他沒過多久就射了出來。

突如其來的絞緊讓蔡以坤皺起眉頭，繃緊神經才沒瞬間繳械。等過了那陣勁頭後，他才發現兩人腹部溼溼的。

還沒摸就射了？他好奇地搓了搓簡俊儀的分身，隨即就感覺到他的內壁與分身同步，縮了幾下。

「原來如此……」

恍惚間聽到他恍然大悟的感嘆，簡俊儀警鈴大作，只是全身軟綿綿地使不上力，況且屁股裡還塞著一根肉棒，想逃也逃不——

「啊！啊……嗯～不……」

以為射精就是舒服的蔡以坤看他似乎又快射了，加大力道用力突刺！吸附肉棒的小穴收緊到幾乎要將他榨乾的地步，於是他更加奮力地搗著他的敏感點——

「啊——嗚！又——啊啊啊！」

簡俊儀邊哭邊射了出來，腦中完全空白，一波波打上的激烈高潮讓他涕淚俱下，喘到幾乎不能呼吸。

還沒高潮的蔡以坤加快速度，緊緊抱住渾身發抖的簡俊儀，肉擊聲帶著水聲與哭喘，讓他更加欲罷不能，發狠似的不斷挺腰，直到將滿滿濁流射入他的深處。

「我也——嗯！」

就這麼抱著簡俊儀喘了好一會兒，蔡以坤才意識到自己剛才忘記戴套了。今晚的一切都太過刺激，根本沒有餘裕確認所有步驟，這次甚至連毛巾都忘記墊。好在之前買了防水保潔墊，不然這張床可就毀了……

雖然不知道能有多少作用，他還是打算稍微擦一擦。小心翼翼地直起身子，兩人的小腹早就全溼了，想起簡俊儀剛才的抱怨，他不敢太快抽出來，正好看看他有沒有事。

明明他有的自己也有，但和主人一樣被摧殘得可憐兮兮的分身軟倒在溼漉漉的腿間，恥毛全貼在光滑的皮膚上。前端吐出的白濁漫過了還含著自己的小穴，因為交合而擠出泡泡，簡直就像是被自己灌得滿溢而出——

「嗚……」

簡俊儀的身體還很敏感，從內部被撐開的感覺讓他再次縮緊，淚眼汪汪地看向蔡以坤，本能地伸手討抱。

將他的雙手搭上自己的肩頭，蔡以坤扶起他的腰，讓他斜坐在自己大腿上，然後手一放，就聽到簡俊儀爆出哭音。

「很難過嗎？」

即使坐著不動，自己卻連根部都被他按摩到了，這個時候還能問他的意願，蔡以坤覺得自己簡直是聖人了。

「……服……」

「什麼？」

簡俊儀雙腿環著他的腰，只靠體內的肉棒支撐，肚子深處痠麻不已，連說話都有氣無力。

「……好舒服。」

哽咽的氣音在耳畔響起，蔡以坤覺得自己快瘋了。

用力抓緊他汗溼的腰肢，他藉著彈簧床的彈力不斷往上頂。簡俊儀似乎再也無法控制自己，發出驚人的呻吟，聲音大到連外面的狗都開始叫了。

「啊、咿——好舒服、啊！啊！」

明明難受到不行，說出口的卻是帶著哭音的「好舒服」，淫蕩的音調連自己聽了都會臉紅，可簡俊儀卻停不下來。不斷升高的快樂在兩人之間迴盪、增幅，溼黏的體液在劇烈摩擦下發出濃烈的腥味，反而刺激了潛藏的獸性，蔡以坤的動作大到他幾乎以為自己要被頂飛了。

就在他快要無法呼吸的瞬間，體內再次迎來一股濁流，意識也隨之遠去……

✧

隔天早上，簡俊儀是被一陣急促的敲門聲和狗吠吵醒的。

「蔡以坤！你鎖什麼門！」

老闆娘的聲音從門外傳來，睡眼惺忪地轉頭一看，蔡以坤竟然還渾身赤裸地睡在一旁，嚇得他趕緊把他搖醒！

「你你你快去幫你媽開門！」

蔡以坤猛地睜開眼，趕緊穿上衣褲往外衝，還不忘叮嚀：「快鎖門！」

跌跌撞撞地鎖上門後，簡俊儀才驚魂未定地扶著門板看向房內。原本堆得滿滿的床上只剩一條薄被，床單和用過的保潔墊則被集中於床腳，好在他把暖氣開到最強，倒不覺得冷，只是房內散發一股難以形容的味道……

哇靠，自己這是做完倒頭就睡了嗎？好在蔡以坤不是女生，不然這樣自己絕對會被揍的吧？

不過也難怪向來早起的蔡以坤會睡過頭，自己一身乾爽想來也是他的體貼。正想去衣櫃換上衣服，沒想到走沒兩步，簡俊儀突然雙腿一軟，就這麼跌坐在地上。

「?!」

剛才被老闆娘嚇得腎上腺素激增，沒想到自己竟然腳軟了！做到腳軟不是都市傳說嗎？昨天自己根本沒什麼出力啊，怎麼會？

才想到那些驚人的過程，體內就有種什麼東西滑下來的感覺……

幹？幹幹幹？他沒戴套嗎？

發現自己真的對這些細節毫無印象，簡俊儀敲了敲自己的腦袋，試圖喚醒記憶。結果敲敲再敲敲，還是只有香豔的片段，甚至連自己爽過頭、要他幹死自己的記憶都跑出來了，一個人坐在地上羞愧難當。

叩叩。

聽到敲門聲，他跪趴著轉身去開門，果然收獲了蔡以坤疑惑的目光。

「你在幹嘛？」

「……拉筋？」

不懂他的回答怎麼會是疑問句，蔡以坤蹲下，將他扶回床上躺好。「哪裡不舒服？」

明明昨晚都是他在出力。不想承認自己如此弱不禁風，簡俊儀眼神飄移，「沒有啊……」

看他是不打算說了，蔡以坤將他像翻燒餅一樣從正面翻到背面，東按按西按按地檢查。

「啊！」

缺乏運動的下背部不過輕輕一戳，簡俊儀就叫出聲。蔡以坤發現自己按對了地方，微涼的手繼續在他脊椎兩側推揉，推得他又痠又癢，不知道該叫還是該笑。

「家裡有按摩油，我下午休息回去拿，晚上幫你按一下。」

他的聲音沒有特別的起伏，可簡俊儀聽著聽著耳朵就熱了。

才剛做過，今晚又要裸裎相見嗎？

按摩油聽起來超浪漫、超色的！沒想到他看起來這麼酷，竟然會有這種等級的技術，未免太強了吧！雖然屁股感覺還怪怪的，但他都這麼主動了，自己也不是不能配合——

背上的手突然停了，簡俊儀疑惑地轉頭，就看他從衣櫃裡拿了件新內褲放到自己旁邊。

「抱歉，我昨晚可能沒有清乾淨……」

還來不及細細品味他從未顯露過的害羞表情，簡俊儀當機了幾秒，才伸手往自己屁股一摸。

怎麼溼溼的？

——啊!!

✧

午餐營業前，琪琪一邊布置餐具，一邊小聲問正在擦窗戶的簡俊儀。

「你跟小老闆吵架了嗎？」

簡俊儀面無表情地轉過頭，「宿醉。」

宿醉？頭痛面無表情可以理解，但一直躲著人家是什麼意思？而且更奇怪的是小老闆竟然會在工作中偷瞄他，雖然從表情看不出來，但明顯是心虛的表現。

「不說就算了。」職場人際最重要的就是不要哪壺不開提哪壺，反正不關自己的事，琪琪決定今天就當個悶葫蘆。

好在今天一樣忙碌，大家也沒什麼說話的機會，老闆娘開車去送狗之後，更是連吃飯都沒時間。人一多，廁所就更需要清潔。琪琪打掃完客用廁所後回到後場，就看小老闆像個跟屁蟲一樣跟著簡俊儀。

「還很不舒服嗎？」

「就說沒有了……」

廚房就這麼大，兩人還硬是擠在一起，怎麼看都很顯眼，尤其是小老闆竟然會跟人貼這麼近，更是她想都沒想過的。

「你要不要回去躺一下？」

「你很煩哎！認真工作啦！」

難得看簡俊儀凶人，小老闆竟然還被罵，這實在太稀奇了！

「我託我媽回去拿按摩油了，下午客人少一點我先幫你按吧。」

「……也不用這麼著急……還是等晚上吧。」

也不知道哪裡不對勁，簡俊儀的語氣突然嬌羞了起來，讓人起了一陣雞皮疙瘩。

「也是，洗完澡再來比較好。」

「……」天啊！不會吧！看我發現了什麼！

琪琪瞪大眼，正好和轉過頭來的蔡以坤四目相交。

對上她，蔡以坤一下就恢復冷靜，食指抵在唇上，無聲地對她比了個「噓」的手勢。

救命！真的假的!!

琪琪還搞不清楚自己是驚訝還驚嚇、興奮還激憤，就聽到外頭傳來老闆娘標誌性的腳步聲。

「兒子你要的紅花油！」人未到，聲先至。兩人趕緊用身體擋住還在狀況外的簡俊儀。

簡俊儀還沉浸在浪漫互摸、卿卿我我，結束後再來一回的幻想中，乍見被擦到亮得刺眼的不鏽鋼餐檯上出現了一罐包裝古典、味道醒腦的紅花油，一時間還有些摸不著頭腦。

「謝謝，那我先幫簡俊儀推一下。」

「你說的按摩油是這個?!」呆呆地跟著他走了兩步，簡俊儀才終於發現這真的是要給自己用的！不禁大喊出聲！

「對啊，這個很有效喔。」老闆娘代替兒子回答，將兩人推往門外，「閃到腰很難過齁，快點推一推、好得快！不過這個味道重，你今天就別去外場了。」

旁觀整個過程的琪琪就這麼看著簡俊儀跟多娜多娜的小牛一樣，被推著往小屋走，臨走前，還和自己對上眼。

可憐的他，原本想的應該不是這種按摩油吧……

自己也是青春少女，當然也曾經對小老闆動過心，不過這樣看來，他還真不是個自己可以搞定的對象……

——《星座才不像戀愛那麼惱人！》完

番外 後日談

Side Story

『哈哈新年快樂！』

『新年快樂喔。』

『新年快樂新年快樂。』

發現自己不小心貼上兩次，簡俊儀趕緊刪掉多餘的四個字，然後按下發送。

不對，新年哪裡快樂？

斜躺在外婆家沙發上，他嘆了口氣。

年夜飯已經吃完了，大人去麻將間打麻將了，想要拿洗碗錢的表弟妹們全擠在廚房幫忙，年紀大的表兄姊們則忙著顧小孩，整棟房子鬧哄哄的，麻煩的是外公外婆想要看新春特別節目，電視還不能關太小聲，不然沒有聲光效果。

「簡——俊——儀——」大表哥的兒子對著他的耳朵大叫，簡俊儀煩到最高點，卻在吼人之前看到外公很有威嚴的眼神。

於是他很和緩地笑著對他說：「表叔沒有紅包給你了。」

五歲小孩已經有金錢觀念了，雖然換算單位大概就是幾包巧克力豆這之類的小東西，但還是被他嚇得不輕。只可惜他仍執迷不悟，沒發現過年就該嘴甜的真諦，「我要告老師！……告把拔！」

碰到這麼不可愛的小孩，簡俊儀直接放棄，走上二樓陽臺，寧願站在外面吹冷風，也不想跟這些討人厭的小蘿蔔頭關在一起！

只是這樣想的也不只他一人就是了。

「雯雯姊……」

二表姊一臉厭世地拿著菸灰缸抽菸，看到他來，自覺地站到下風處，「喔，來抽菸？」

「我不抽菸。」

「躲小孩？」

「對。」

「還要打電話給女朋友？」

不是一家人，不進一家門，簡俊儀被她接二連三的問句問得連自己棺材選什麼款式都決定好了。「對，還要決定婚宴場地。」

二表姊被他逗笑了，摁熄了煙，果斷轉身。

「為了不妨礙你們電愛，我先走了，不要跟我說細節，總之小孩滿月的時候我再包個大的。」

簡俊儀白了她一眼，「送一年份尿布就好，夠大包吧。」

二表姊腳步一頓，回頭問：「對了，情人節你要送什麼？」

「……巧克力？」

「清明節快樂。」露出輕蔑的笑，她打開落地窗門瀟灑地走了，留下可憐的表弟站在寒風中抱頭苦思。

其實二表姊說的也沒錯，要是自己收到巧克力，大概也會抓狂吧？可現在是誰要送誰禮物啊？交換禮物？白色情人節還要過嗎？不過他連生日都沒過了，其他節日應該也沒放在心上吧。

簡俊儀嘆了口氣，整個人掛在大掃除才剛擦得發亮的不鏽鋼欄杆上。

自從兩人交往後，趁著年前的空檔，自己幾乎天天住在餐廳，和蔡以坤過著類同居生活，如膠似漆。結果一到小年夜，啪，全都沒了！餐廳休假到初六，想到有一個多禮拜的時間見不到人，通訊軟體也一天才回一次，連自己從早傳到晚的照片都還沒已讀……以前自己欣賞他如此不招蜂引蝶的特性，誰知道現在全世界都祝自己新年快樂，就他沒有！

簡俊儀吸了吸鼻子。誰要送這種混蛋情人節禮物啊！

還在心裡自憐又自艾，口袋裡的手機就響了。看到來電對象，原本被冷風吹凍的臉龐，也逐漸熱了起來——

「你去休息一下吧。」張璿惠端著一疊碗盤走進外婆家狹窄的廚房，對正在整理剩菜的蔡以坤說。

「沒關係。」

自從叔叔欠債跑路，大家迫於外婆的淫威幫忙還錢後，留下的妻兒全都被家族當成瘟神，更別說今年蔡以嘉沒回來過年，被說得有多難聽了。

知道他不想聽討人厭親戚的閒話才把自己扎進廚房，可有些話還是不得不說，「至少去用個手機吧，簡俊儀已經在悲秋傷春了。」

蔡以坤轉頭一看，張璿惠的手機差點沒貼在他臉上。只見簡俊儀傳了個新年快樂給張璿惠，然後問她年夜飯在餐廳吃還是在家裡吃，人多不多。

「他沒有悲秋傷春。」

「你再不回他就要了。他一定是找不到你，才會想到要連絡我。」

想想還挺有道理的，蔡以坤加快手上的速度，「妳洗碗？」

「洗給我媽看的，不然她能念我一整年。」張璿惠穿上圍裙，開始將髒碗盤分門別類，「而且你也忙夠久了，幹嘛讓那些人當老爺、自己當丫鬟？找個地方躲一下吧。」

想想也有道理，蔡以坤走到廚房深處，打開通往後陽臺的小門，「那妳幫我看一下。」

滑開手機，蔡以坤馬上就看到簡俊儀二十幾個訊息。年夜菜照片就有十張，加上滿客廳亂跑的小屁孩，還有長輩打麻將胡出的一把三暗刻門清自摸加一臺發財。與之相對的，自己上一次連絡他是小年夜前兩天的語音電話。

若在從前，真的難以想像自己能夠忍受如此不平等的關係，光是回覆焦慮就能壓得人喘不過氣，但現在，看到他分享的每張照片，心裡都有種甜絲絲的暖意，好像他就在自己身邊滾來滾去，叨叨絮絮地分享生活小事。光是想到他的表情就覺得可愛到不行，要是能捏捏他、揉揉他、抱抱他該有多好。

……等等，我原來是戀愛腦嗎？

發現自己意外的一面，蔡以坤失笑。才分開三天就這麼心癢難耐，該怎麼撐到初七？

咻——砰！

附近已經有小孩等不到十二點了，休耕期的田間蝴蝶炮、沖天炮的聲響此起彼落。眼看時間也差不多了，蔡以坤拿著手機想了想，還是按下通話鍵。

✧

大年初五，許多商家都開工了，鞭炮聲和煙火的氣味瀰漫了整個市中心。街上行人行動大多以「家」為單位，要不是在滿世界的金和紅之間出現非常零星的幾點粉紅裝飾，真看不出今天就是情人節。

即使是這種沒有氣氛的場景，簡俊儀依然不以為意，笑瞇了眼，不時偷瞥一下身旁的蔡以坤。

蔡以坤真是太帥了！可能太久沒見到真人，今天看到他就害羞到過嗨了！除夕視訊時發現他頭髮長長了，今天就帶他去常去的沙龍，頭臉收拾乾淨後，整個人簡直就在發光！可惜他拒絕了設計師免費化妝的提議，不然那些明星網紅，有誰比我男朋友帥！

隔了快一週沒見到人，蔡以坤看他滿臉通紅地只敢偷瞄自己，受不了他的蹦蹦跳跳，伸手一撈，摟住了他的腰。

「別走到車道上。」

「啊！」簡俊儀腰一麻、腿一軟，直接倒進他懷裡。蔡以坤順勢抱住他，兩人就在人來人往的百貨公司前擺出了這曖昧的姿勢。

好久沒聞到他的味道，蔡以坤忍不住低頭吻了他的耳朵，直到簡俊儀聽到好幾聲快門聲，意識到引起旁人的注意，這才發現自己的失態，整個人跳開。

「……抱歉。」

蔡以坤都道歉了，簡俊儀也罵不下去，只能在周圍刺探的目光中裝出一副若無其事的模樣，快步走進百貨公司。

男裝向來不是情人節商品的主力，因此整個樓層沒幾隻小貓。也好在沒什麼人，在簡俊儀央求的目光下，蔡以坤不斷重複脫衣服、穿衣服、給他拍照、脫衣服的循環，等他滿意了，頭都昏了。

「要直接穿還是換下來？」沒想到情人節也能做到大單，結帳時，店員笑得眼睛都不見了。

不等簡俊儀說話，蔡以坤直接回答：「直接穿。」

趁著店員去結帳，簡俊儀一臉滿足地靠著他，「你也覺得這套很好看齁？」

「……嗯。」其實只是不想再換衣服的蔡以坤難得答得心虛，側頭親了他臉頰一下，「花這麼多錢好嗎？」

今天的花銷全都是簡俊儀出錢，美其名曰享受打扮男友的樂趣。一件針織毛衣、兩條褲子、一件長版風衣外套，加起來也快三萬塊，即使沙龍最後只是簡單的洗剪吹、敷個面膜修個面，這樣一天下來也夠花錢了。

「你換床換窗簾，比這多多了吧。」趁著四下無人，簡俊儀摟住他的手臂，聲音越來越小，「而且你這樣超帥的……」

太久沒有親密接觸，對方又這麼軟軟地靠過來，蔡以坤再也忍不住，含住他的嘴唇，深深地探入他柔軟的口腔——

「結帳好囉，如果需要停車折抵的話，請刷發票上的這個條碼！」

店員特意用充滿元氣的聲音提醒，滿臉笑意地遞上簽單、發票、信用卡——至於心裡在想什麼，只有天知道了。

兩人尷尬地接過提袋和信用卡，搭乘電梯快速逃離現場。

「都怪你啦！」簡俊儀用手肘撞了他一下，誰知剛好打到蔡以坤的側腹，讓他悶哼了一聲。

「……很痛嗎？」

電梯裡人多，簡俊儀惴惴不安地問，但還沒等到回答，就到了地下停車場。出了電梯，蔡以坤依然不說話，快速掃完條碼，比簡俊儀還要更快找到停在角落的機車，安靜地站在車旁等他。

春節期間，車當然要留給家裡用，因此今天全靠簡俊儀的一二五行動。他一掀開坐墊，蔡以坤便很自然地拿起安全帽戴上，比他還要像機車主人。

簡俊儀本來就很受不了沉默，明知根本也沒什麼事，卻莫名不爽了起來，於是也戴上安全帽，發動機車。

兩人就在安靜中騎上車道，離開地下室。戶外的光線刺眼，冷風一吹，簡俊儀感受到後背不如來時般溫暖，突然湧上一陣委屈。

好不容易交往了，一過年就人間蒸發！不但沒連絡幾次，情人節還要人主動約！今天明明是兩人的初次約會，結果他半點表示都沒有，現在還跟自己鬧彆扭，抱都不抱自己一下！

就這麼賭氣地騎了好一陣子，背後突然傳來蔡以坤的聲音：「現在要去哪裡？」

還敢把我當司機！

簡俊儀怒上心頭，眼眶都泛淚了，被風吹得冷冰冰的，更加難受。

「送你回家。」

他的聲音冷硬，一點商量餘地都沒有，後座的蔡以坤可能也感覺到他的低氣壓，不再出聲。

這個時候但凡他一把抱住自己，出聲哄哄人，事情也就大事化小、小事化無，但他就像顆臭石頭一般占著後座，毫無溫度、徒增重量，讓簡俊儀更氣！

媽的！不愧是臭石頭魔羯座！再這樣溝通不良幾次，恐怕分手也是遲早的事！

就這麼怒氣沖沖地一路從市區往郊區騎，到了半路，蔡以坤突然又問：「你要去餐廳？」

「啊不然咧。」

蔡以坤說：「餐廳那邊這幾天借兩個堂弟住，我住家裡。」

其實今天一早簡俊儀也是到他家那裡接人，只是現在一時腦袋當機，才往熟悉的路上去。被他這麼一提醒，臭著臉拐了個彎。可惡，這樣要繞遠路了！

「幹嘛不早說！」

「你早上不就知道了？」

「啊我說過的事你全都記得嗎！」

背後又沉默了一陣子，正當簡俊儀又被他的冷漠對待氣到想摔車，就聽他問：「你現在是在生氣嗎？」

「——你現在才發現嗎?!」

話才剛說完，機車就緩緩減速。蔡以坤平常都開車不明白，可這個感覺簡俊儀太熟悉了……

——不會吧！

機車毫無憐憫地滑行了十公尺，正式沒了呼吸。只可惜現在這個狀況不適合拈香獻花，不然簡俊儀可能真的會想這麼送走它！

與他的崩潰相反，蔡以坤悠悠地問：「你在氣什麼？」

簡俊儀簡直要發瘋！

「都刁車了，你確定要現在討論這個？」

「刁車是什麼意思？」

「現在這個狀況就叫做刁車！」

蔡以坤原本以為是他不爽，所以把車熄火，沒想到原來是車壞了，皺眉左右張望，「不然我們先去休息避風，不知道機車行願不願意過年來載。」

「哪裡有得休——」簡俊儀一轉頭，馬上就自動消音了。

「××精品汽車旅館」大大一面招牌正在跟兩人招手。

✧

適逢情人節，旅館早就被訂滿了。若不是下午時段還有休息的空檔，兩人就只能在寒風中等車行老闆家族旅遊結束後來接了。

灰溜溜地牽著車走進汽車旅館，簡俊儀還真沒想到兩人第一次的情人節竟然會是這樣過的。停好車放下鐵捲門，簡俊儀長嘆了一口氣，走上通往房間的階梯。

走沒兩步，簡俊儀就發現蔡以坤沒跟上，「你不上來？」

「你不是在生氣？」蔡以坤打扮帥氣，穿著入時，卻站在陰暗的樓梯間無辜地看著他。

老實說，其實原本也沒什麼，現在看著他的俊臉，胸中那股無名火也就煙消雲散了。

「既然根本就不知道我在氣什麼，幹嘛裝可憐？」

「我沒裝可憐，只是不想刺激你，等你冷靜點。」

話都說到這裡了，簡俊儀只覺得自己像個無理取鬧的混蛋，於是問：「你幹嘛不抱我，不理我？」

萬萬沒想到他是在氣這個，蔡以坤說：「太久沒見到你，剛剛我忍不住親了你，被人看到。我怕要是再接近，又會做出不理智的行為。」

他的理由竟是如此簡單，簡直就像在諷刺自己想太多。簡俊儀嘆了長長一口的氣，牽起他的手半拉半拽地往上走，無奈地說：「跟你生氣的人是笨蛋！」

因為根本沒房間可選，所以兩人都沒看到底是怎樣的房型，只想要找個地方待。簡俊儀在心裡碎念，明明是第一次進入汽車旅館雙人房，明明不是跟朋友來夜唱開趴，卻這麼普普通通就進來了，還是因為刁車來的——

打開門，他愣住了。

「汽車旅館會有這種房間喔?!」

超級！普通！看起來跟一般飯店房間沒什麼兩樣，甚至某種程度上來說就是高級版、照明暗一點的畢旅學生房！

看他一臉目瞪口呆，蔡以坤反而疑惑，「不然要長怎樣？」

簡俊儀拿出手機，找出之前開趴的照片一張一張翻，「你看！卡拉OK、游泳池、滑水道、度假風！」

沒想到他這麼熟，蔡以坤一語不發地走進房間，簡俊儀則一路跟著他，給他看之前多人出遊的照片。過了好一陣子，簡俊儀才慢慢發現他似乎沒有興趣，滑照片的手也慢了下來……

蔡以坤卻突然問：「這是什麼？」

弧度飽滿圓潤的長型躺椅上，好幾個男男女女跨坐其上，動作浮誇，一臉興奮地比「耶」合照。

「就情趣椅啊……怎麼問這個？」

「我以為是人體工學按摩椅。」還想著可以放鬆一下……

蔡以坤的表情看不出端倪，簡俊儀只能從他些許的失落猜想，或許他很想要試試？

「房間這麼小，應該沒有吧？」

兩人邊走邊說，話音剛落，就看到幾乎比房間還要大的浴室一角，就有這麼一張椅子！

帶著惋惜的心情，蔡以坤在深紅色的椅子上坐下，確認它真的沒有任何按摩功能後，在心裡嘆了口氣。

或許約會就該選按摩館？只是自己對店家不熟，怕選到做黑的……

看他東摸摸西摸摸，好像很有興趣的樣子，簡俊儀只覺得心臟怦通怦通地越跳越快，鬼使神差地將手按到他的肩膀上。

「你想要試試嗎？」

他說得這麼曖昧，話語間的期待在浴室裡迴盪，蔡以坤就算是聾子都聽得出來。

兩人第一次做得太狠了，為了不影響工作，後來都只有互摸而已，好在才剛交往，並不會感到不滿足。不過從他期待的反應看來，或許這只是自己的一廂情願？

簡俊儀眼睜睜地看他好像什麼開關被打開一樣，從椅子上站起來，流暢地脫下外套，往乾燥的浴池裡一丟，接著就要脫下毛衣——

「等等等等！」簡俊儀趕緊阻止他，「你要幹嘛？」

突然被阻止，蔡以坤定住不動，「——我以為你是那個意思。」

簡俊儀的爾康手還伸在那邊，說「是」也不是、「不是」也不是！

他想了一下才說：「你也有點情趣！」

蔡以坤發現自己面對簡俊儀總有無限的耐心，好整以暇地整理好衣著，坐回情趣椅上，沉聲問：「怎麼做才算有情趣？」

雖然他的態度很平常，但這個空間的性意味太過濃厚，簡俊儀總覺得他在勾引自己。

這不是還挺會的嗎？

「……摸摸我？」

兩人都是戀愛新手，簡俊儀能夠如實表達需求算是很了不起了。蔡以坤向上伸出手，大手包覆住他的臉頰，「然後呢？」

「現在是要一個口令一個動作？你也動腦想想。」

感覺到簡俊儀的臉頰在慢慢發燙，蔡以坤突然體會到欺負人的樂趣，於是順著心意說：「幫我含。」

沒想到他竟然會提出這個要求，簡俊儀的眼眶馬上就溼潤了。

這個悶騷色狼！

「你也跳太快了吧……」

「你不想？」

蔡以坤的手從他的臉頰往下滑，解開他毛衣內的襯衫鈕釦，挑逗意味十足。沒想到他能夠變得這麼色情，簡俊儀暈陶陶地蹲下來，解開他的褲頭。

見他如此乖順，蔡以坤突然有些罪惡感，於是說：「我還是先洗個澡吧？」

滿室曖昧的氣氛再次被打斷，簡俊儀瞪了他一眼，「不是應該要按住我的頭嗎？」

沒料到他喜歡這一味，蔡以坤苦笑：「之後分享一下片單，我們一起研究。」

簡俊儀的頭已在他胯間，抬頭瞥了他一眼，「還是我們研究完再開工？」

將腿打得更開些，蔡以坤按住他的頭，盡情摩擦他柔軟的髮絲，以行動回答。

跪在他雙腿間，簡俊儀從下往上看。蔡以坤衣冠楚楚，只有些許瀏海垂下，英俊的臉背著光，薄唇輕抿，眼底卻閃爍著期待。

彷彿被這樣禁欲的氣息蠱惑，簡俊儀拉下他的內褲，掏出他的分身，沒有半句廢話，說含就含！

蔡以坤沒想到口交竟然是這種感覺！

不同於緊緻炙熱的後穴，溼潤的口腔和怯生生纏上的舌頭觸感極為陌生。也不知他是不是研究過，靈巧的舌面包覆住中段，然後向上舔進頂端的小孔，輕輕一吸，他就差點要爆發了！

將手指伸入他的髮間，蔡以坤輕拉髮根，要他慢一點，沒想到只換來他欲拒還迎的眼神。

在此之前，蔡以坤從未想要強迫他這麼做，沒想到他不但做得自然，還十分上手。簡俊儀跪在自己腿間，口手並用，萬分陶醉地吸吮著自己的陰莖，看起來乖乖的、軟軟的，討好又專注，蔡以坤簡直難以壓抑不斷從內心深處冒出的愛憐與滿足，不停摩娑著他柔軟的髮絲和通紅的耳廓。

「嗚唔啊（舒服嗎）？」

看他紅著眼角、忍著呼吸不順含糊不清地問，口交代表的愛意，瞬間超越了從性器傳來的快感。

蔡以坤微微挺腰，用自己興奮的肉棒堵住他多話的口，捅了兩下才讚許道：「很舒服……」

聽出他話中的滿足，按在自己頭上的手獎勵似的輕輕搓揉，讓簡俊儀更加用心服侍口中的男根。

不知道自己是不是原本就不怎麼直，連吸男人老二這種事都毫無障礙，真是太怪了！不管是讓人無法呼吸的尺寸，還是鼻尖深入恥毛間淡淡的氣味，光是看他帥氣的臉龐因為快感而扭曲，壓在後腦杓的力道也隨之增強，簡俊儀就將這些全拋到腦後！

舌面包住柱身來回摩擦，他增強吸力，馬上就看到蔡以坤張開紅豔的薄唇吐出喘息，引得人想要看到他越發瘋狂的反應！

難怪會俗稱陰莖是男人的「老二」，現在看來這哪裡是「老二」，根本就是控制搖桿！想到這裡，簡俊儀興奮莫名，不顧越來越濃郁的腥味，一含到底——

「——唔！不行了……快放開！」

還沉浸於掌控全局的成就感，他就急拉自己的頭想抽身，簡俊儀情急之下抱住了他的腰，整顆頭埋進他的胯間，讓他的龜頭頂進喉嚨——

「！……嗯！」

蔡以坤被吸得猝不及防，一下就繳械了。還來不及抱怨，就看簡俊儀摀著嘴狂咳，於是趕緊將他扶起來。

正要問他要不要漱口，就看他流著淚、一臉驕傲地張開嘴——黏稠的白液沾滿了他鮮紅的口腔，牽起白絲，喉嚨深處還因吞嚥而蠕動著。過度色情的畫面讓蔡以坤一句話都說不出來，只有才剛射過的小老弟以瞬間起立作為回應。

簡俊儀等了半天都沒得到想要的誇獎，疑惑地看向他，只見蔡以坤的眼神很熾熱，但一句話也沒說。

「你要是不給點反應會很冷……」

蔡以坤嘆了口氣，左右張望。

沒想到他的反應竟然是嘆氣，簡俊儀的委屈正要發作，就被他放倒在凹凸不平的情趣躺椅上。

「嗚！」

天旋地轉，一下就被放倒的簡俊儀，屁股正坐在「凹」字型椅面的下陷處，背靠稍高的圓弧形突起，接著內外褲就被一把脫下！這傢伙未免也太熟練了吧！

簡俊儀踢了踢腳，想將掛在小腿的布料全都踢下，沒想到股間就傳來一陣冰涼。浴室裡怎麼會有潤滑液——啊，這裡是汽車旅館喔——

「嗯！你……」

蔡以坤整個人壓了上來，熱情的唇舌完全不顧他口中的精液味，以迅雷不及掩耳的速度攻城掠地，讓他缺氧的腦袋更加暈眩。

「腿抬高。」

等簡俊儀終於得空喘氣，就聽他以不容反駁的語氣命令，下意識乖乖抬起雙腿，一根肉棒就在底下等著他自投羅網！

「啊……慢點……嗯～啊！」

和第一次相反，蔡以坤急切地進入他體內，稍微動個兩下，確認潤滑液的用量足夠後，馬上就開始激烈地碰撞。青澀的黏膜乍被攻擊，還有些弄不清楚情況，隨著抽插裡裡外外地招呼著。

「你自找的！」

這四個字幾乎是從蔡以坤的牙縫裡迸出來的，滿是壓抑與欲火，燒得簡俊儀全身發燙。

「嗯——好爽……好大……」一把將蔡以坤往自己懷裡摟，簡俊儀仗著他看不到自己的臉，淫蕩地學著色情片裡的臺詞，甚至還偷咬了一下他的耳殼。果不其然，屁股裡的東西又變大了一號。

「……」

蔡以坤咬緊牙關不說話，專注地肏著他越發柔軟的肉洞，撞擊聲迴盪在浴室裡，與喘息聲交錯，沒過多久，黏膩的水聲就越發明顯。

明明才做第二次，明明他只是快速摩擦舒服的地方，不像上次硬頂，簡俊儀卻發現自己竟然這樣就要不行了！為了不像上次邊射邊被幹，趕緊道歉認錯：「我要射、了、慢、啊——對不起！啊！」

無視於他的示弱，蔡以坤已經知道他從來管不住那張惹禍的嘴，絕對下次還敢！於是調整呼吸，在他哭著噴射的同時，繼續一下又一下地大力肏幹。

「啊、啊、不行、啊！太爽、啊啊啊！」

或許是因為他的眼神太銳利、肉棒太凶狠，簡俊儀今天特別無法克制！陣陣白液被他一下下頂出來，下半身完全不受控制地狂噴，弄髒了新買給他的衣服——可就連這種玷汙的感覺都帶來更激烈的衝擊，讓他更加興奮，不能自己。

「閉嘴！」

蔡以坤伸手摀住他的嘴，只因一旁的電話響起。

下身還在拚命朝高潮衝刺，他卻接起電話，以冷靜的音調問：「喂？」

簡俊儀喘到快斷氣，嘴卻被用力摀住，眼前發白，全身不受控制地抽搐，釘死自己的肉棒又抽插不休。而他卻在意識遠去前想著，就算我不叫，「啪啪」聲也超大的好嗎——

『您好，距離退房還有十五分鐘，剛好下一位客人來電取消，請問要加時嗎？』

感覺到簡俊儀的後穴痙攣絞緊，他忍著即將射精的快感回答：「要。」

櫃檯人員也不多話，得到回覆後乾脆地掛上電話。

掛上電話後，蔡以坤鬆了一口氣，沉浸於終於可以專心抽插的意念中，於是更加投入地狂搗他已然軟爛的肉穴，直到射精後，才發現自己忘記鬆開摀住簡俊儀口鼻的手，兩人的中間已經滿是溫熱的液體……

「呼……手舉高。」

喘著氣，蔡以坤順暢地扒光簡俊儀——自己有替換用的衣物，可他沒有，不脫衣服做起來真是綁手綁腳。

「不行了……嗯——」

簡俊儀虛弱地求饒，半點也沒有先前點火時的得意。被扒光的他雙腿間還插著一根肉棒，自己被幹得噴尿的分身已經軟了下來，可還是有水珠不斷往外甩，落在人造皮椅面上，發出丟臉的聲響。

看他如此狼狽，蔡以坤冷冷地邊動邊問：「不是要我幹死你嗎？」

簡俊儀邊哭邊求饒，「已經、嗚——」

話還沒說完，他再次弓起身子劇烈顫抖，看來又要不行了。蔡以坤傾身向前，咬著他的嘴唇說：

「如你所願。情人節快樂。」

——番外〈後日談〉完

——《星座才不像戀愛那麼惱人！》全文完

後記

Afterword

大家好，我是燁！這次對我來說真是一大突破！第一次寫這麼輕快的故事，大家看得還開心嗎？

原本的書名是「五星連珠在魔羯這輩子就注定單身了嗎？」，編輯X怕大家不能理解，差點就要把群星聚集在魔羯解釋成天煞孤星……（先跟廣大摩羯座讀者們（有嗎？）說聲抱歉了！

還有編輯N大人鍥而不捨地為封面奔走，有偶仔老師超美的封面！光是看到人設草圖我就要不行了，救命啊超可愛的～（把感謝打在最前面ㄉ人

雖說這個故事很輕鬆，但對我來說也有不輕鬆的地方……例如我自己大學時從來沒有夜衝夜唱過，晨型人要是不睡覺真的會死掉，過著類似於蔡以坤的規律生活，每天都要睡九小時！

如果說到大學生活有什麼印象深刻的片段，大概就是和同學一起在老師家討論文本，回答不出來就會被老師過肩摔丟出去！話雖如此，我依然只是功課普通而已，因為大部分的時間都花在寫小說或拍照……

寫這本書前，我大概研究（？）星座三、四年了，或許因為太過熟悉，有些描寫可能對沒有接觸過星座的人有些困難，編輯N大人非常認真地幫我找出這些小地方，讓故事更加盡善盡美！占星真是門有趣的學問，原本是想要更掌握人物特性而開始看的，結果越看

越有樂趣，也逐漸開始觀察身邊發生的大小事件，生活變得更充實了！大家一起來看看喔！

（變成占星推廣？

至於這個故事的後續，簡俊儀應該會過著每天被氣死、又被酥死的生活，而蔡以坤則是以不變應萬變，繼續把他吃得死死的吧？希望未來還有機會寫簡俊儀用小拳拳打蔡以坤、哭著問「工作跟我哪個比較重要」這種劇情……可愛的角色就是用來欺負的！（捲袖子

作業BGM：旺福 WONFU —〈我當你空氣〉／〈愛你管〉、クラムボン Clammbon —〈Lush Life!〉、Dua Lipa —〈Dance The Night〉、Nowlu —〈Swallows〉／〈Stuck on you〉

高寶書版集團
gobooks.com.tw

FH087
星座才不像戀愛那麼惱人！
作　　者　烓
繪　　者　偶仔GUU
編　　輯　王念恩
美術編輯　莊捷寧
排　　版　彭立瑋
企　　劃　黃子晏

發 行 人　朱凱蕾
出　　版　朧月書版股份有限公司
Hazy Moon Publishing Co., Ltd
地　　址　臺北市內湖區洲子街88號3樓
網　　址　www.gobooks.com.tw
電　　話　(02) 27992788
電　　郵　readers@gobooks.com.tw（讀者服務部）
傳　　真　出版部　(02) 27990909　行銷部 (02) 27993088
郵政劃撥　19394552
戶　　名　英屬維京群島商高寶國際有限公司台灣分公司
發　　行　英屬維京群島商高寶國際有限公司台灣分公司 / Printed in Taiwan
法律顧問　永然聯合法律事務所
初版日期　2024年3月

國家圖書館出版品預行編目(CIP)資料

星座才不像戀愛那麼惱人! / 烓著.-- 初版. -- 臺北市：朧月書版股份有限公司出版：英屬維京群島商高寶國際有限公司臺灣分公司發行, 2024.03-
面；　公分. --

ISBN 978-626-7362-51-8 (平裝)

863.57　　113002225

朧月書版

朧月書版